KB267584

아들에게 아빠가 필요한 100가지 이유

Why a Son Needs a Dad

by Gregory E. Lang and Janet Lankford-Moran

아들에게 아빠가 필요한 100가지 이유

그레고리 E. 랭 글 ㅣ 재닛 랭포드 모란 사진 ㅣ 이혜경 옮김

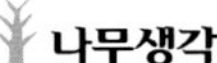

나무생각

내 형제들 데이비드, 케빈, 조디를 대표하여
우리의 아버지 제이콥 유진 랭에게
— 그렉

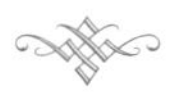

격려와 인내에 감사하며
사진 촬영을 도와준 남편 존에게
— 재닛

아들에게는 면도하는 법을
가르쳐주는 그런 아버지가 필요하다.

A son needs a dad to show him how to shave.

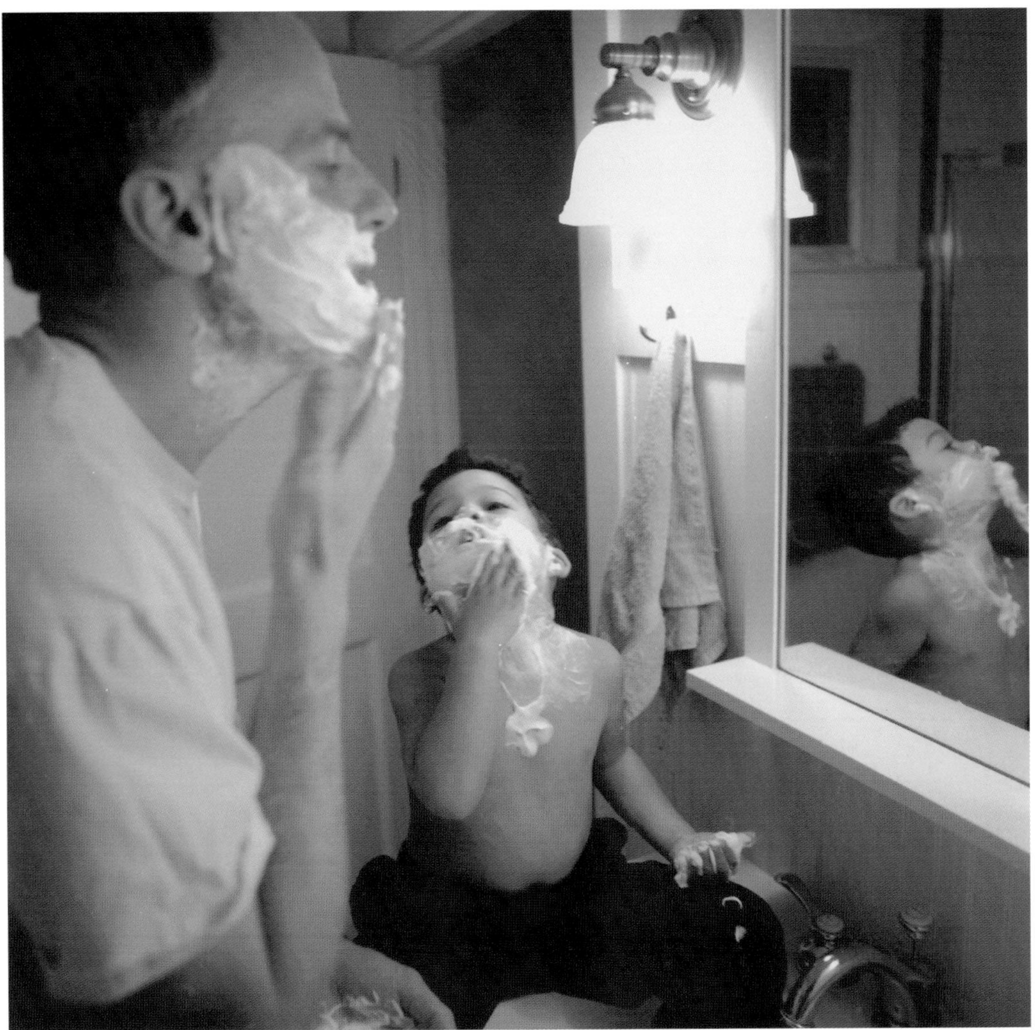

아들에게는 익살스럽고
장난기 넘치는 그런 아버지가 필요하다.

A son needs a dad who can be playful and silly.

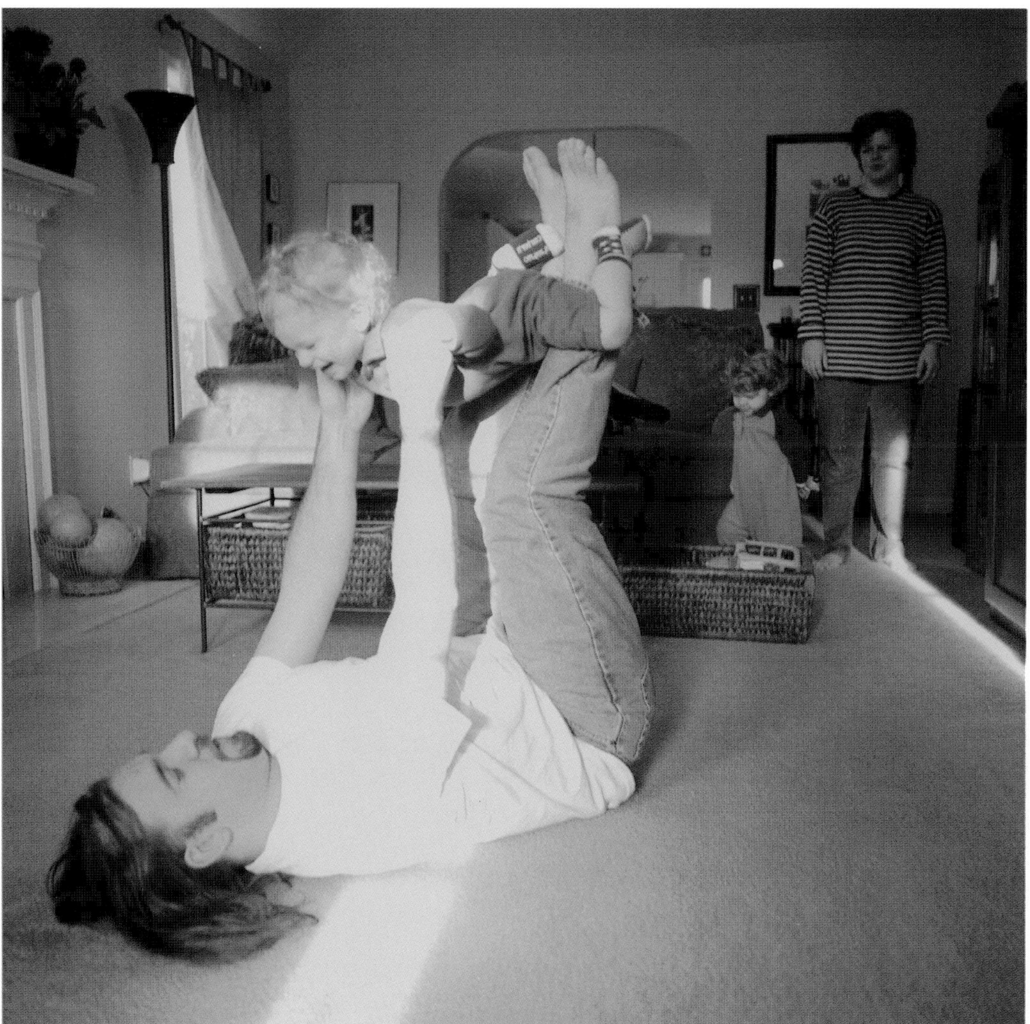

아들에게는 패배도 승리도 감사하며

받아들이라고 가르치는 그런 아버지가 필요하다.

A son needs a dad to teach him to be a gracious winner
as well as a gracious loser.

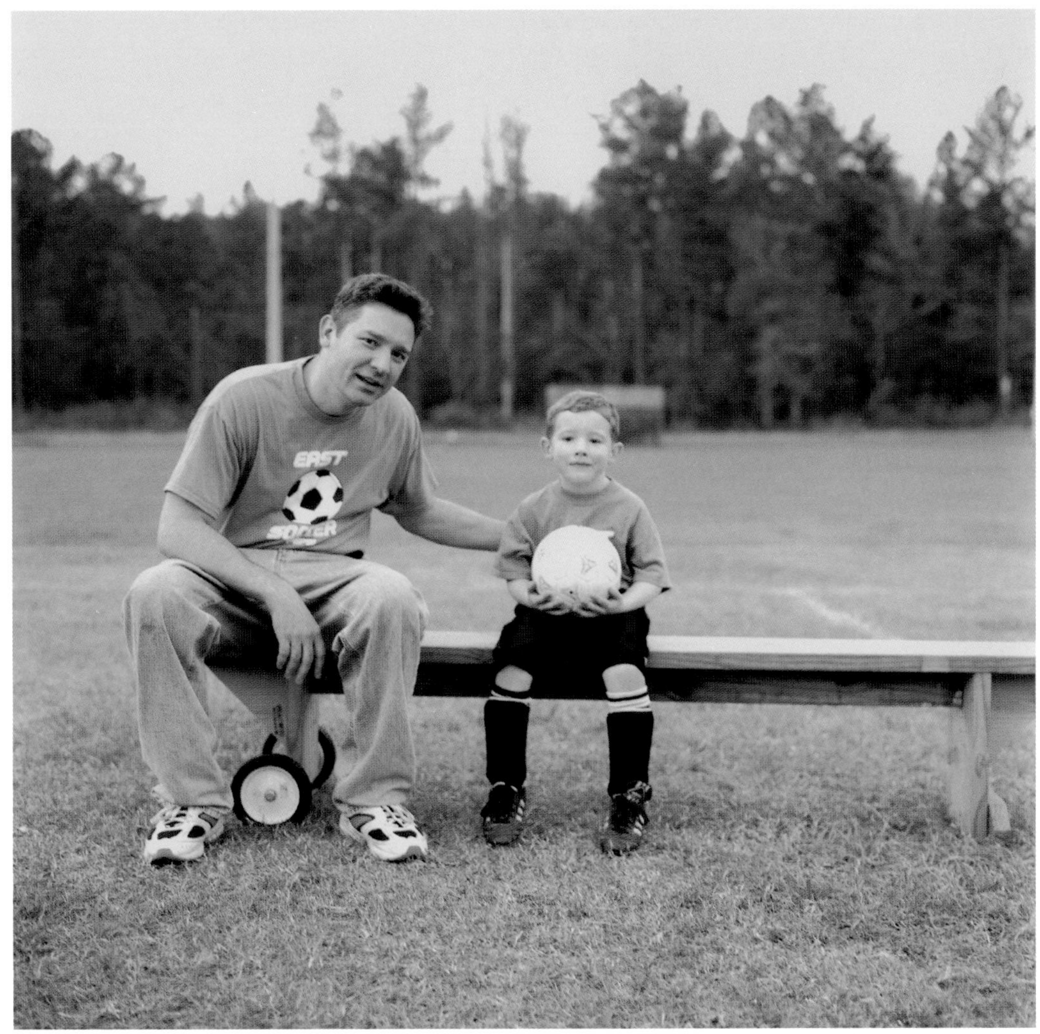

아들에게는
캠핑을 데리고 가고
잔디 위에서 딩굴며 씨름을 할 수 있는 아버지,
세상일이 어떻게 돌아가는지 가르쳐주고
자기 손으로 물건을 고치는 법을 가르쳐주는
그런 아버지가 필요하다.

A son needs a dad···

to take him camping.

to wrestle with him in the grass.

to teach him how things work.

to teach him how to fix things himself.

아들에게는 손으로 뭔가를

만드는 법을 가르쳐주는 그런 아버지가 필요하다.

A son needs a dad to show him how to be productive with his hands.

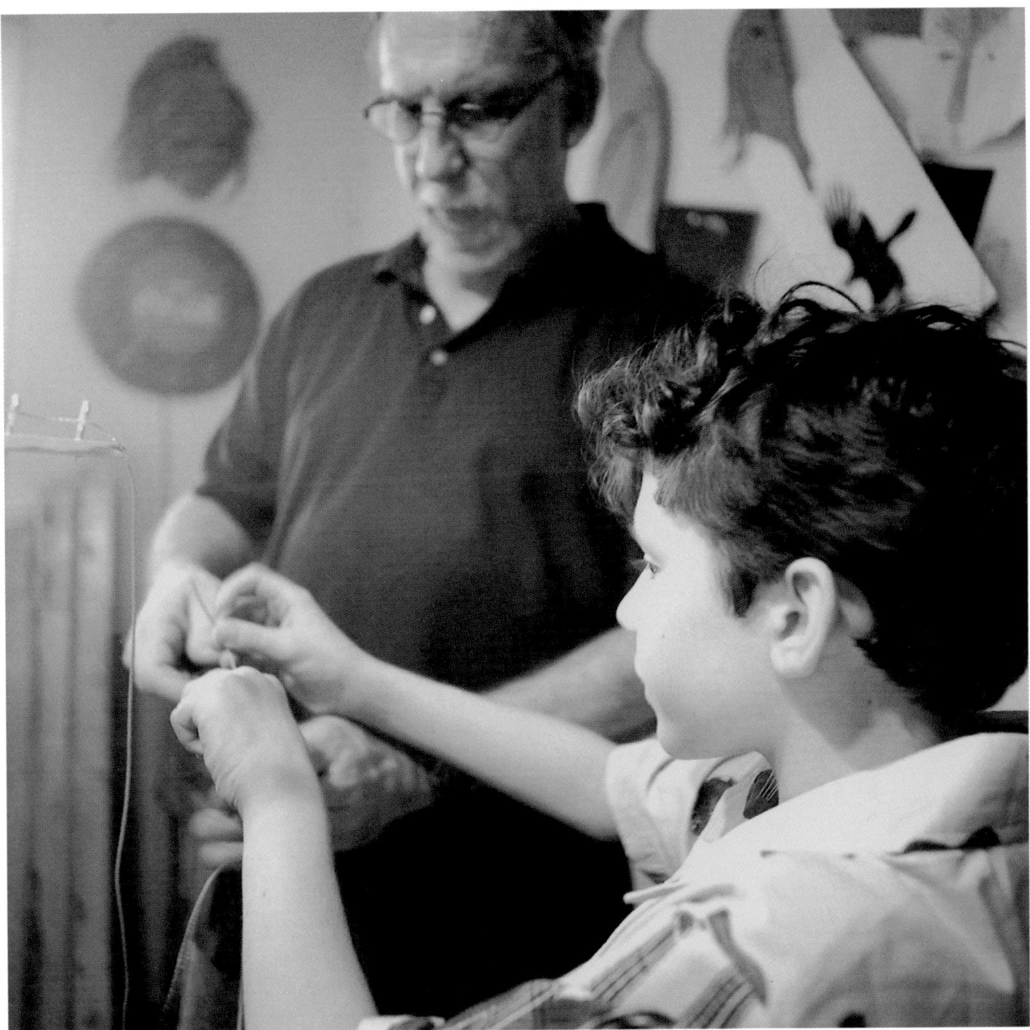

아들에게는 낚시에 데려가주는 그런 아버지가 필요하다.

A son needs a dad to take him fishing.

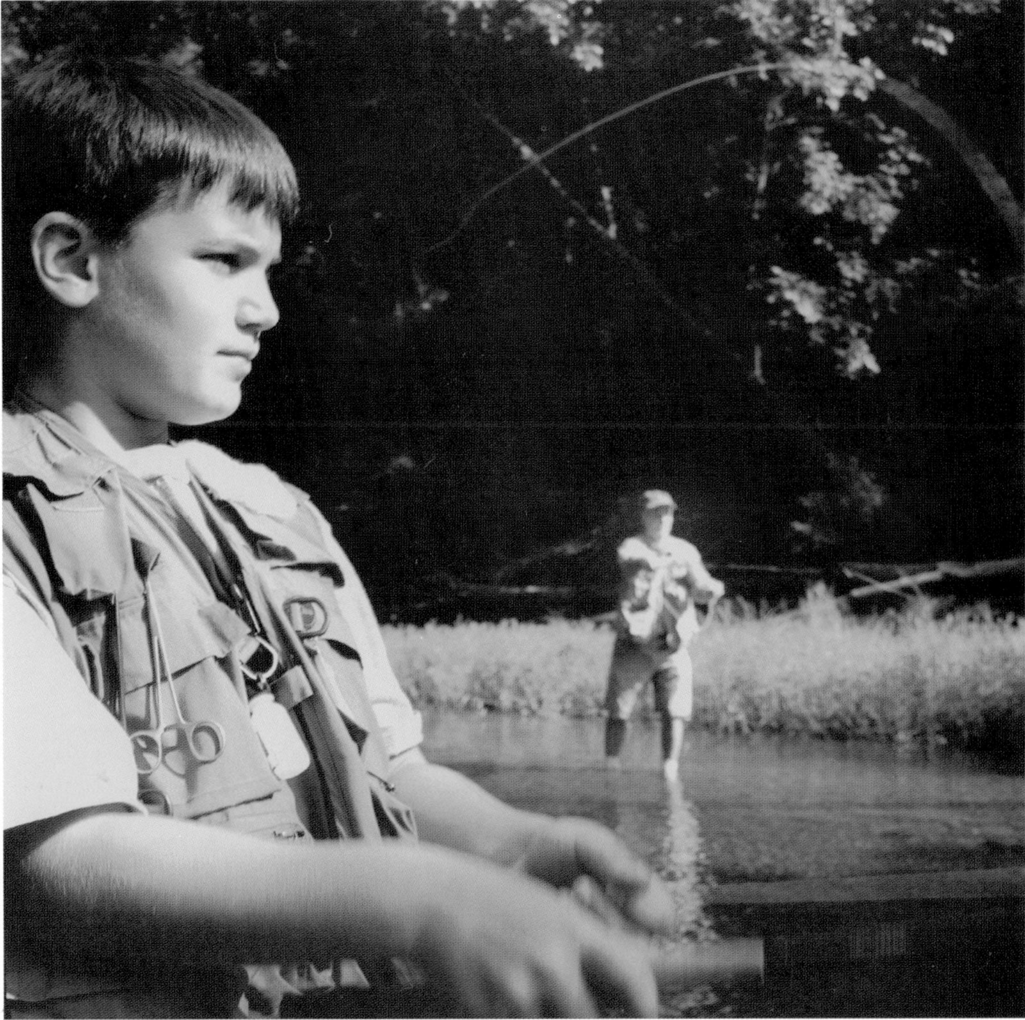

아들에게는

여자애들과 대화하는 법을 가르쳐주고

무분별하게 내뱉은 말에 대해서는 사과하라고 가르치는 아버지,

아들이 잘못된 길로 들어서면 끌어당겨주고

남들이 더 이상 그의 말을 들어주지 않을 때 귀 기울여주는

그런 아버지가 필요하다.

A son needs a dad···

to teach him how to talk with girls.

to teach him to apologize for reckless words.

to pull him back when he is headed in the wrong direction.

to listen when others have grown tired of listening.

아들에게는 자기를
자랑스럽다고 말해주는 그런 아버지가 필요하다.

A son needs a dad to tell him that he is proud of him.

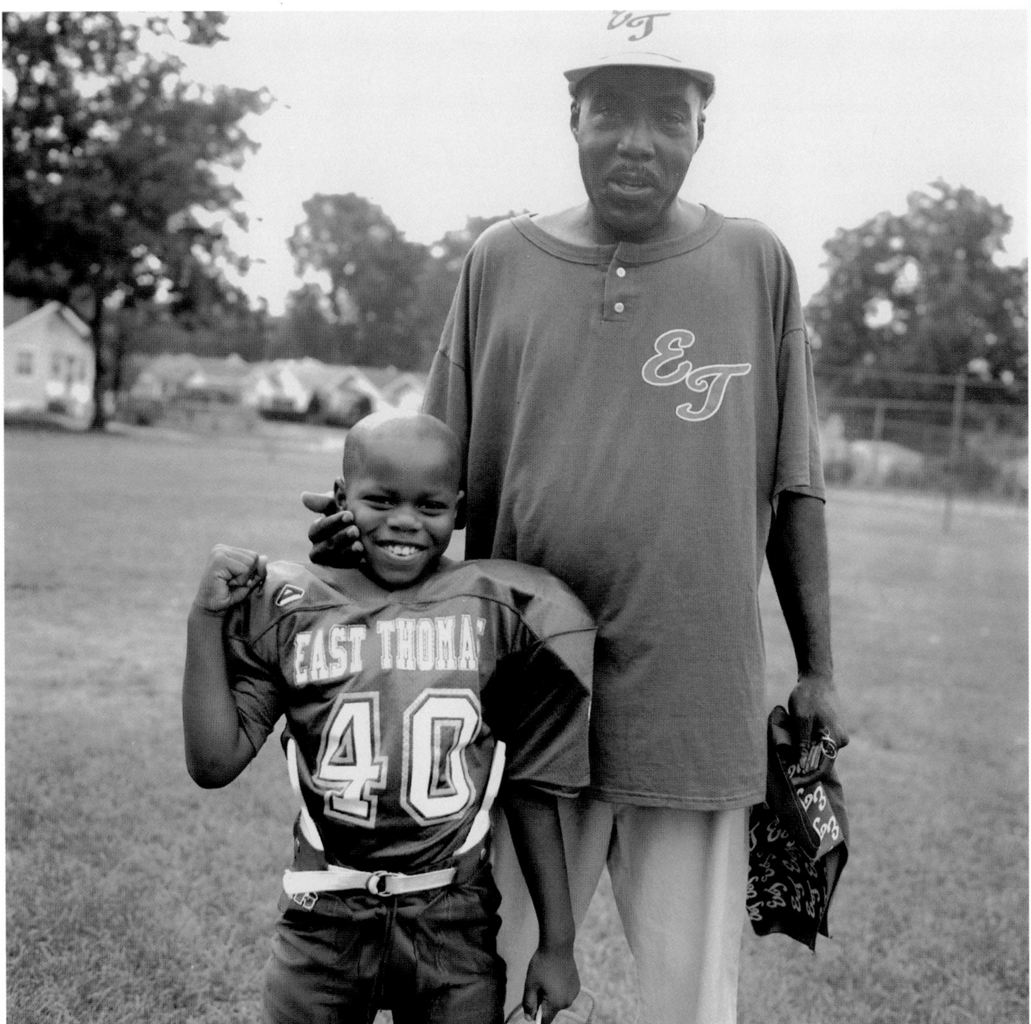
EAST THOMAS
40

아들에게는 언제나 하루하루

열심히 살라고 가르치는 그런 아버지가 필요하다.

A son needs a dad to teach him to always give
a good day's work.

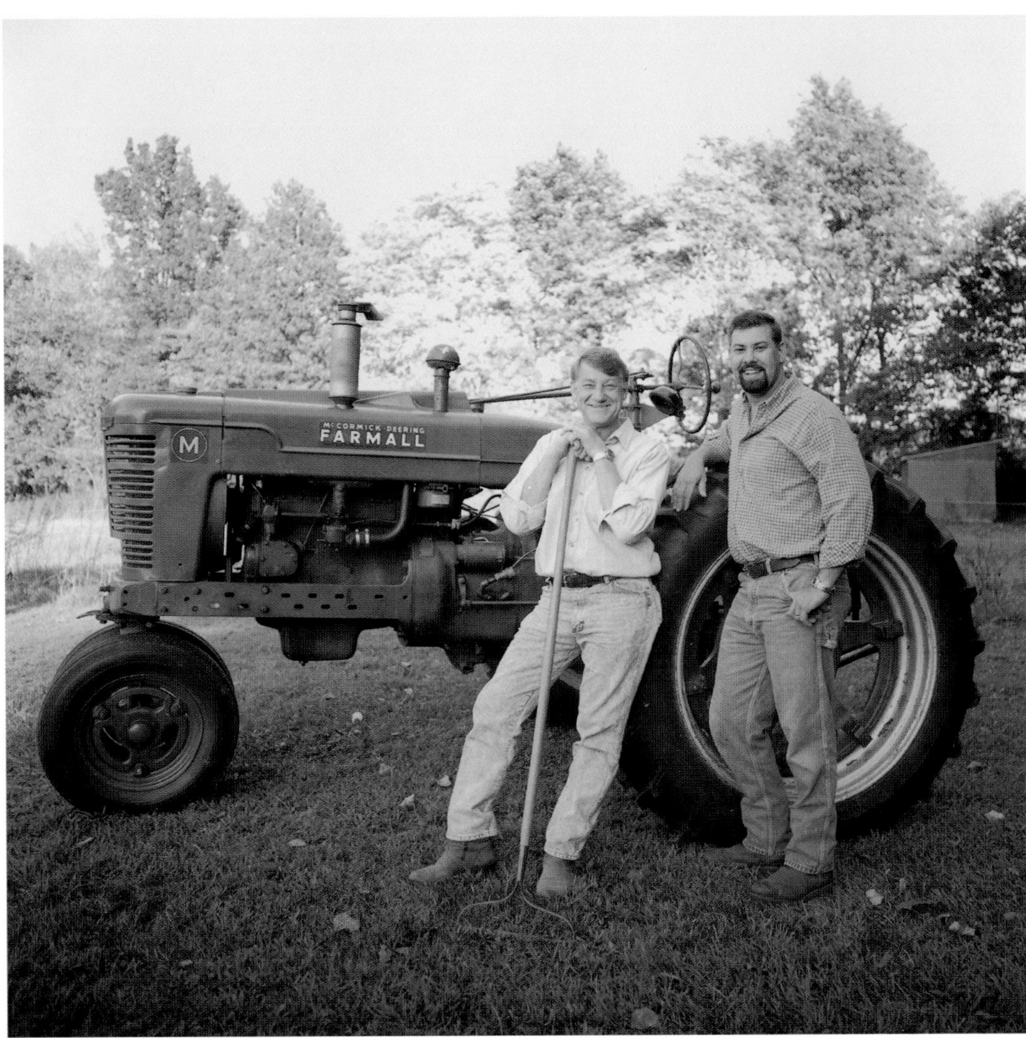

아들에게는
실의에 빠진 아들에게 용기를 북돋워주고
조언을 구하는 것이 현명한 일이라고 가르치는 아버지,
실수를 통해 배울 수 있게 도와주고
어려운 결정을 내려야 할 때 의논 상대가 되어주는
그런 아버지가 필요하다.

A son needs a dad···

to encourage him when he meets with disappointment.

to teach him that it is wise to seek advice.

to help him learn from his mistakes.

to talk with about the tough decisions he will face.

아들에게는 상상 속에서 함께

모험을 떠날 수 있는 그런 아버지가 필요하다.

A son needs a dad to go with him on imaginary adventures.

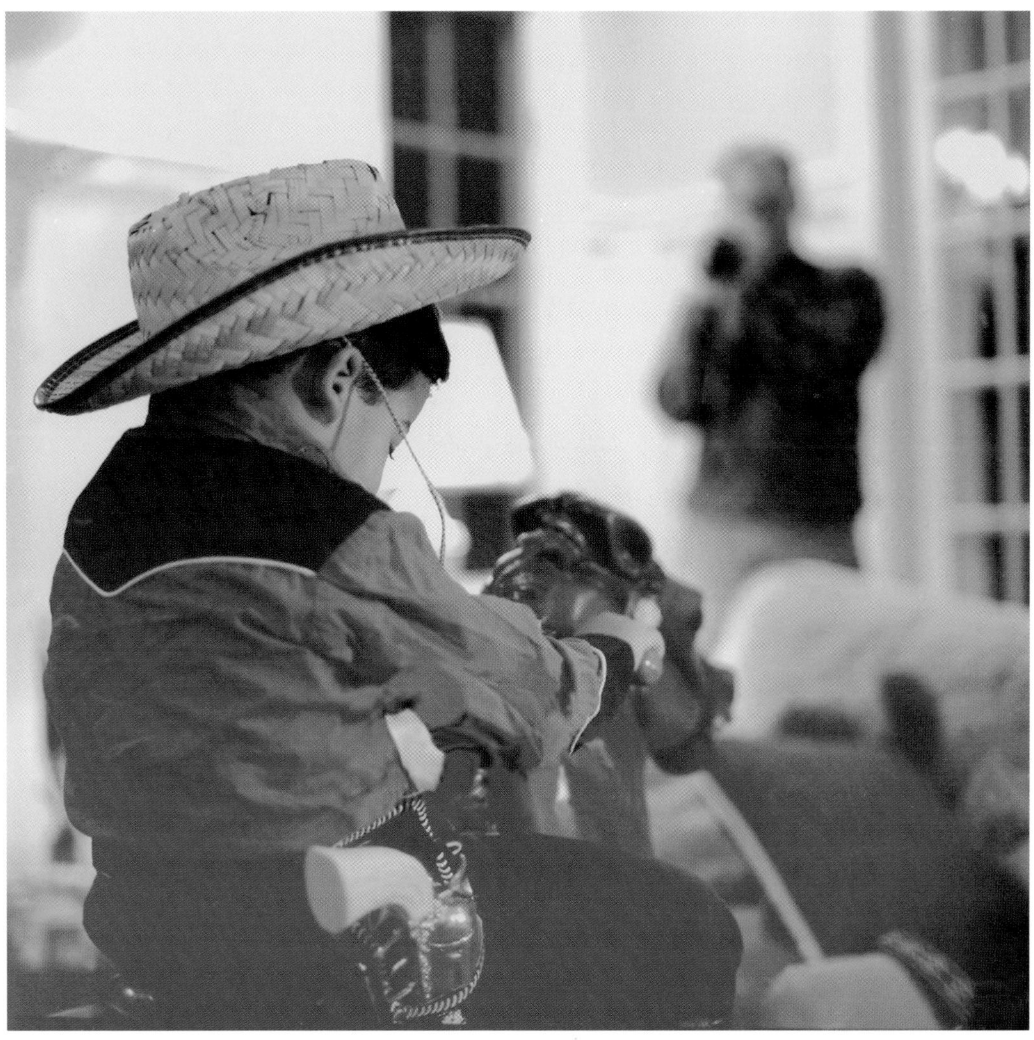

아들에게는 가족을
온전히 하나로 묶어주는 그런 아버지가 필요하다.

A son needs a dad to make the family whole.

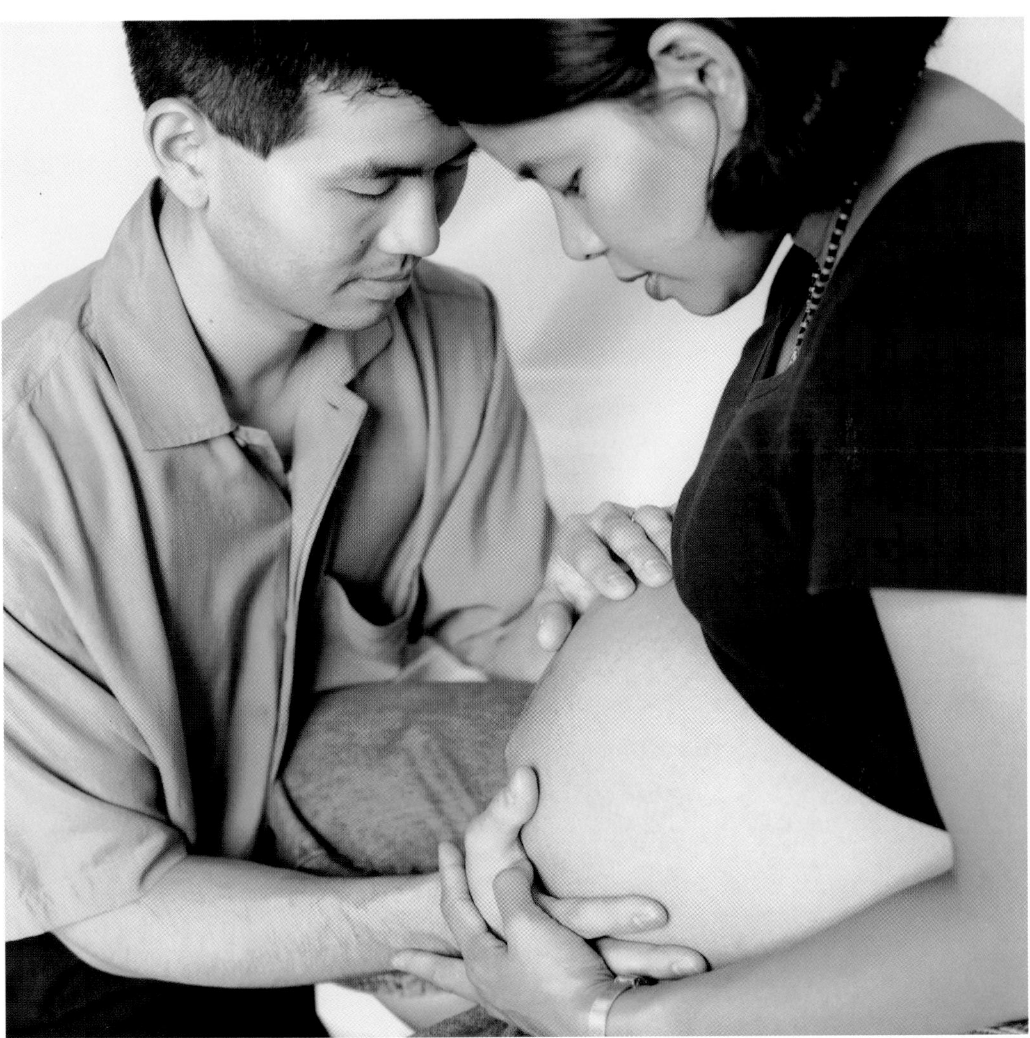

아들에게는 자신있게 도전에

맞설 수 있도록 도와주는 그런 아버지가 필요하다.

A son needs a dad to help him face his challenges with confidence.

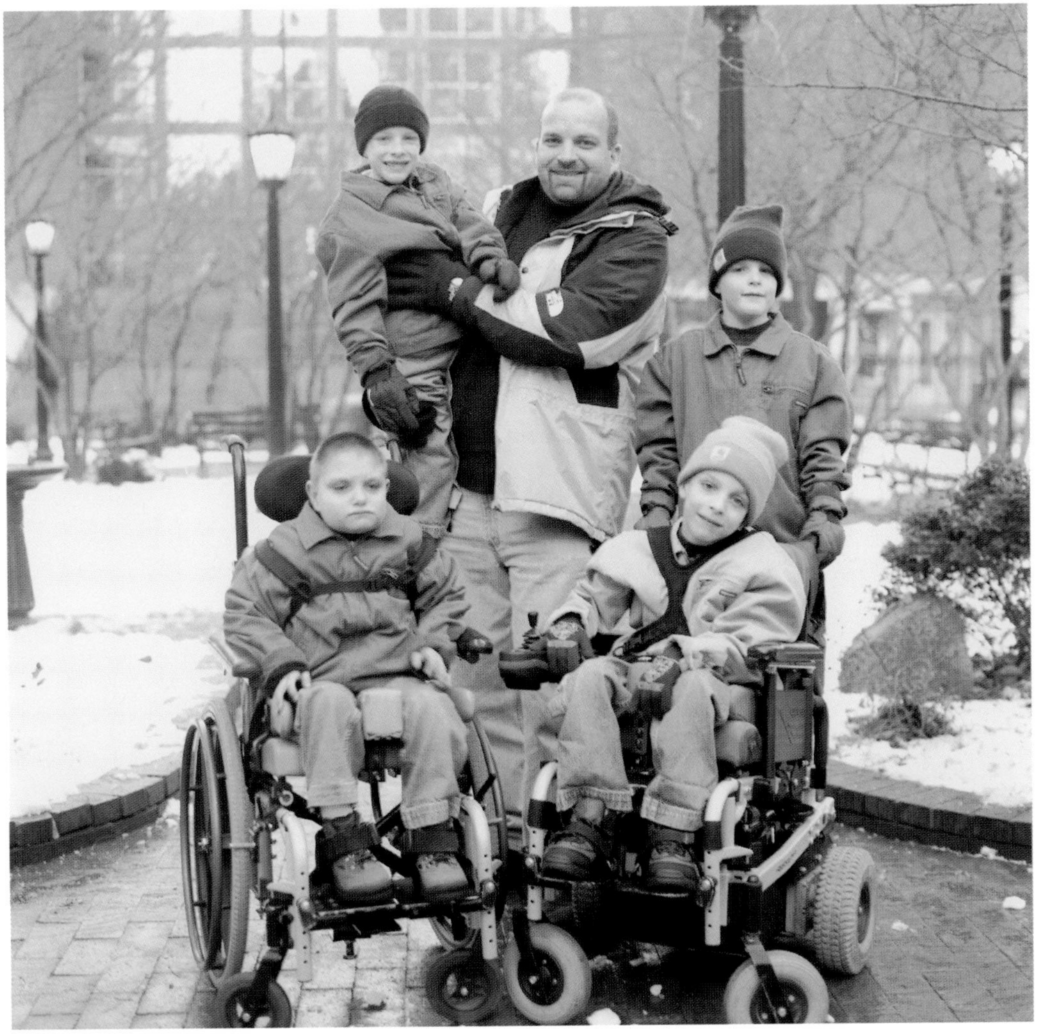

아들에게는 손자들이라면

껌벅 넘어가는 그런 아버지가 필요하다.

A son needs a dad to be a doting grandfather
for his children.

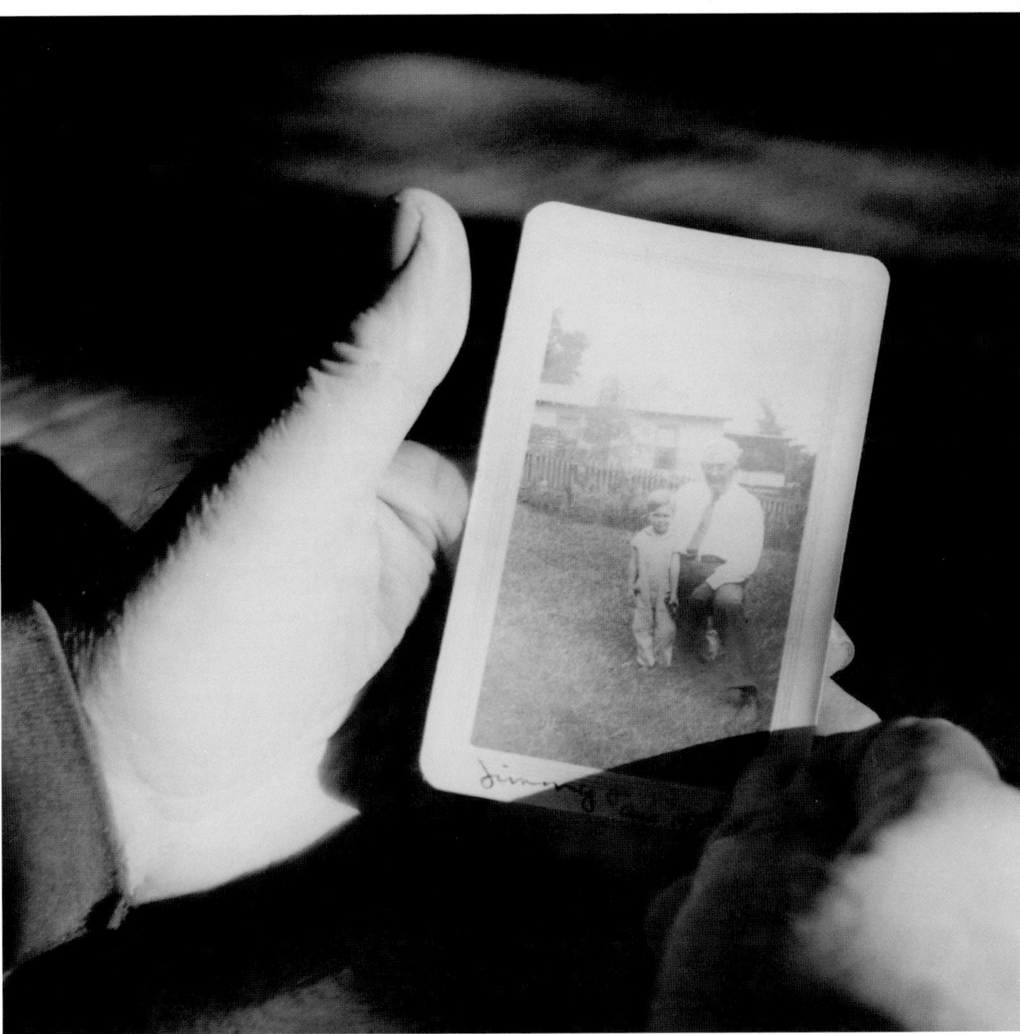

아들에게는

성질을 누르는 법을 가르쳐주고

지는 것이 불명예가 아니라고 말해주는 아버지,

타협하는 법을 가르쳐주고

모든 것이 절망적으로 보일 때도 희망은 있다고 말해주는

그런 아버지가 필요하다.

A son needs a dad···

to show him how to control his temper.

to tell him that there is no disgrace in losing.

to show him how to compromise.

to tell him that all is not hopeless, even when it may seem that it is.

아들에게는 야구장에
데리고 가주는 그런 아버지가 필요하다.

A son needs a dad to take him to baseball games.

A son needs a dad···

to teach him to treat women with kindness.

to teach him that men and women are equals.

to stand with him the day he marries.

to show him how to be a good husband.

아들에게는 재미있게 놀 줄 아는 그런 아버지가 필요하다.

A son needs a dad who knows how to have fun.

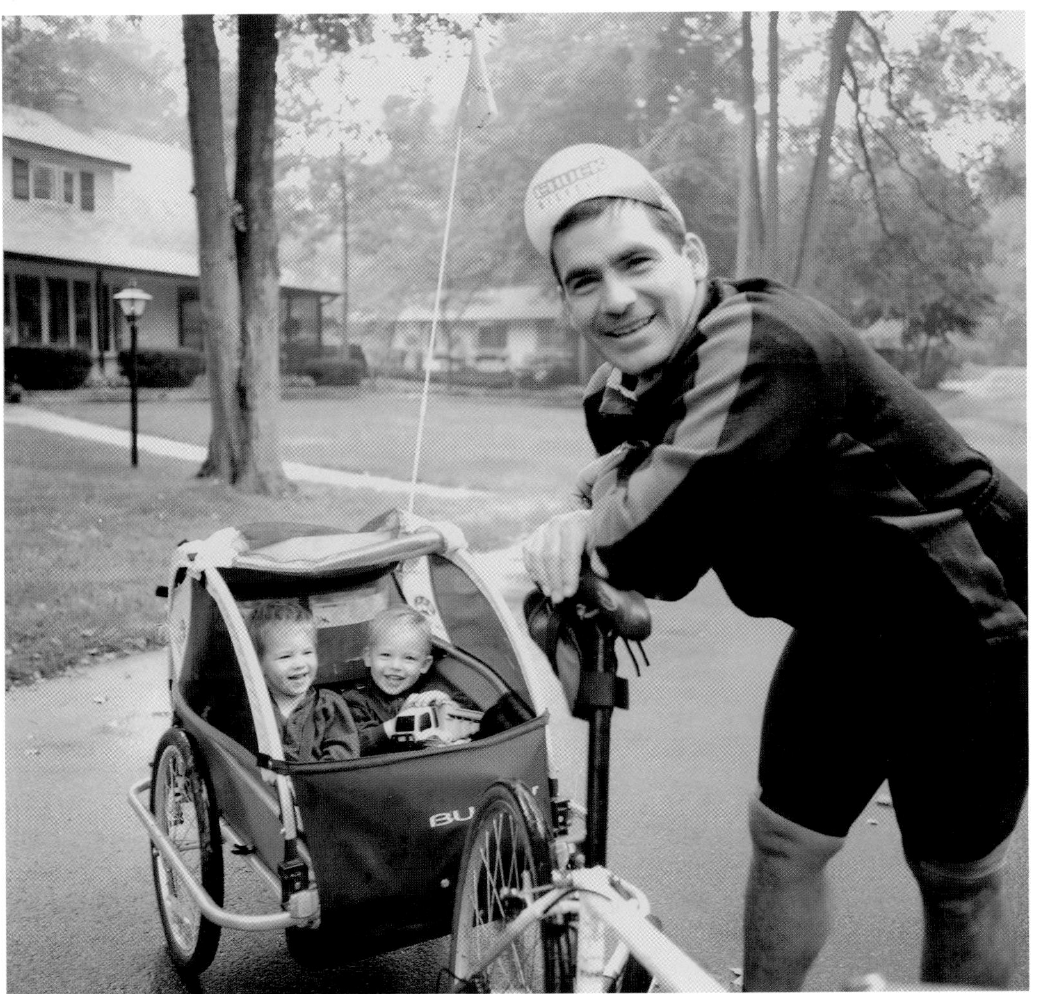

아들에게는 도움이 필요할 때
그 자리에 있어주는 그런 아버지가 필요하다.

A son needs a dad who will be there for him
when he needs help.

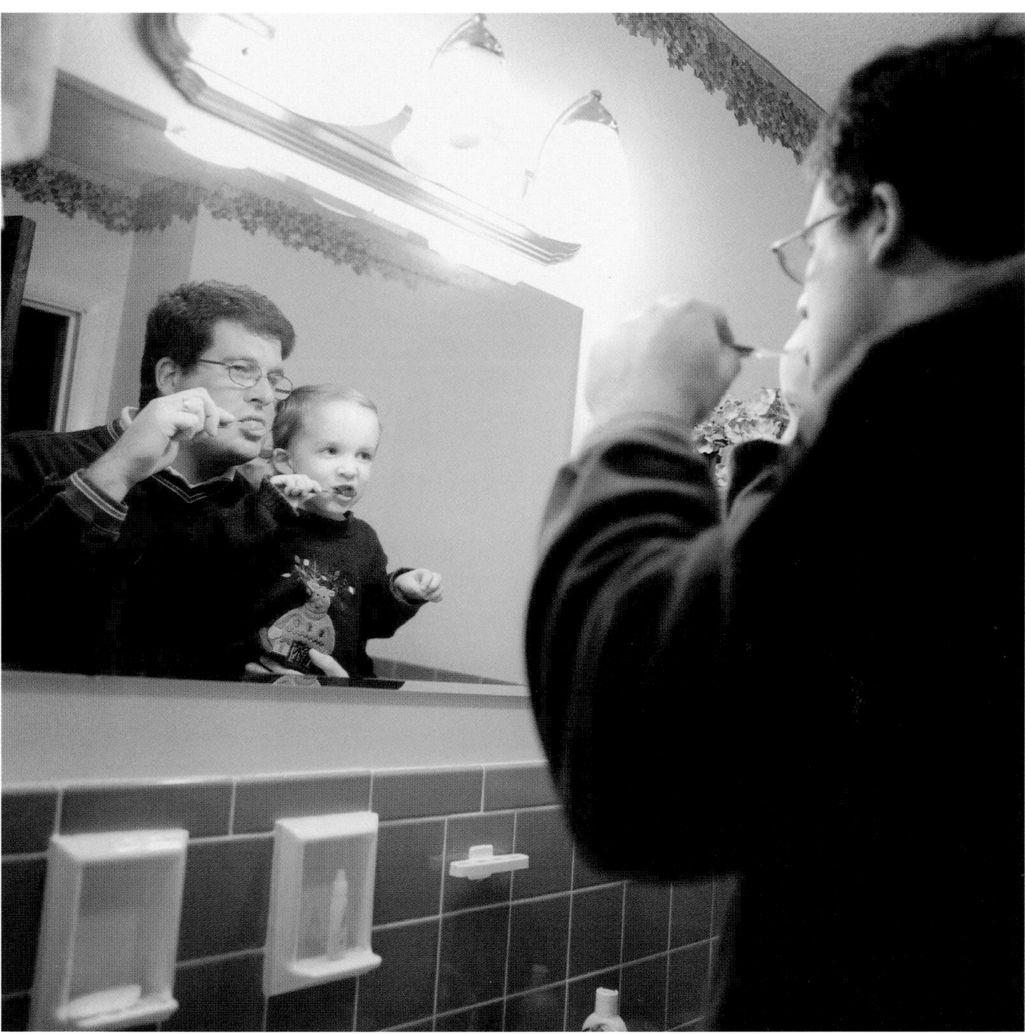

아들에게는 난관을

피해갈 수 있도록 이끌어주는 그런 아버지가 필요하다.

A son needs a dad to provide the guidance that will steer him
from trouble.

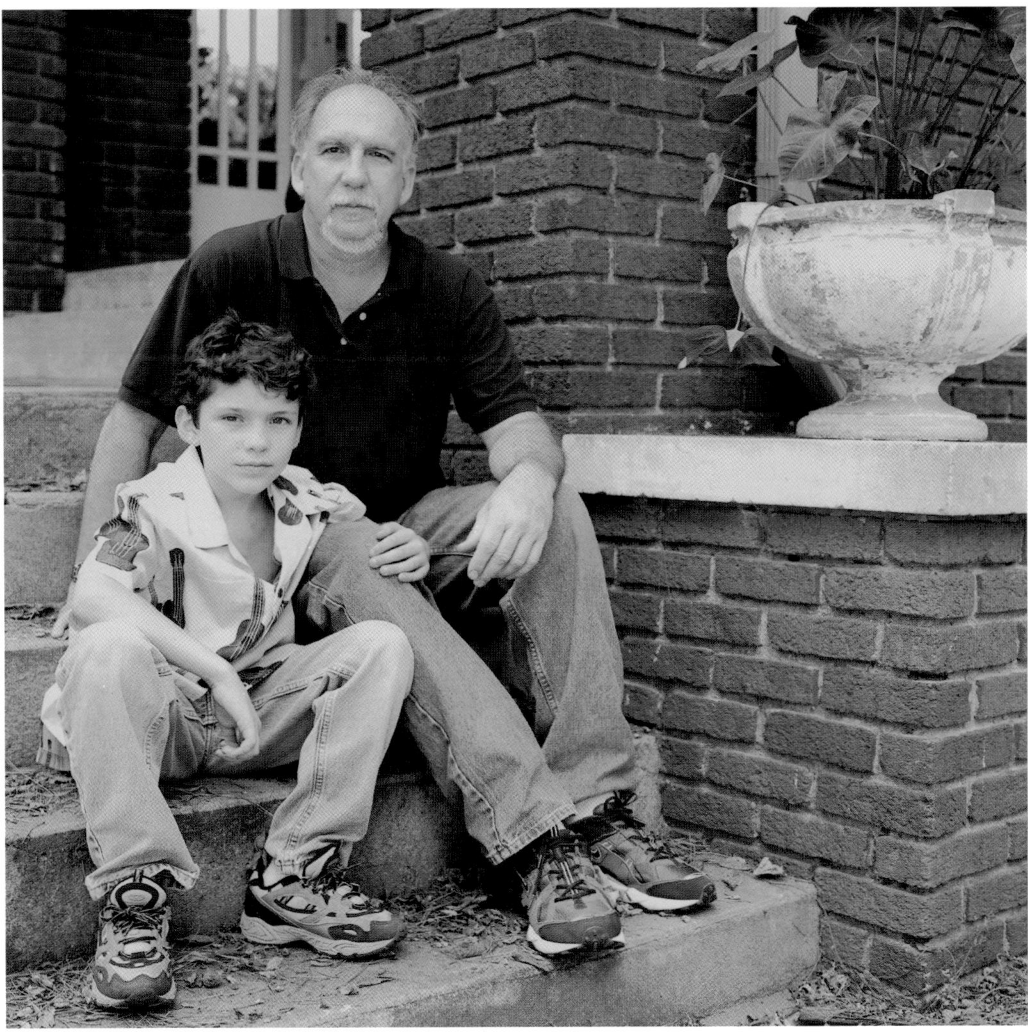

아들에게는 살아가면서 자신의 위치를
찾을 수 있게 도와주는 그런 아버지가 필요하다.

A son needs a dad who will help him to discover
his place in life.

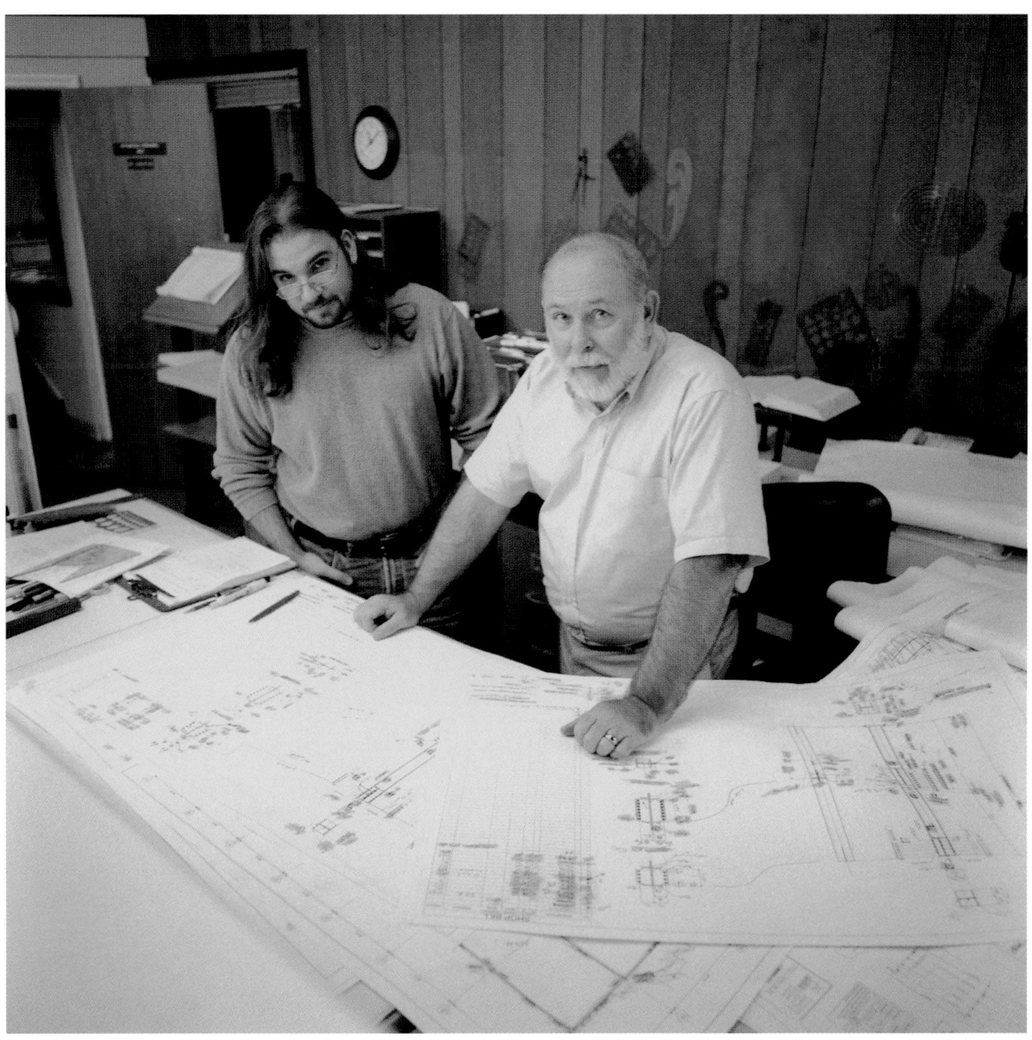

아들에게는 꼭 남들과 같지 않아도 된다는
사실을 이해할 수 있게 해주는 그런 아버지가 필요하다.

A son needs a dad to help him understand it isn't necessary
to be like everyone else.

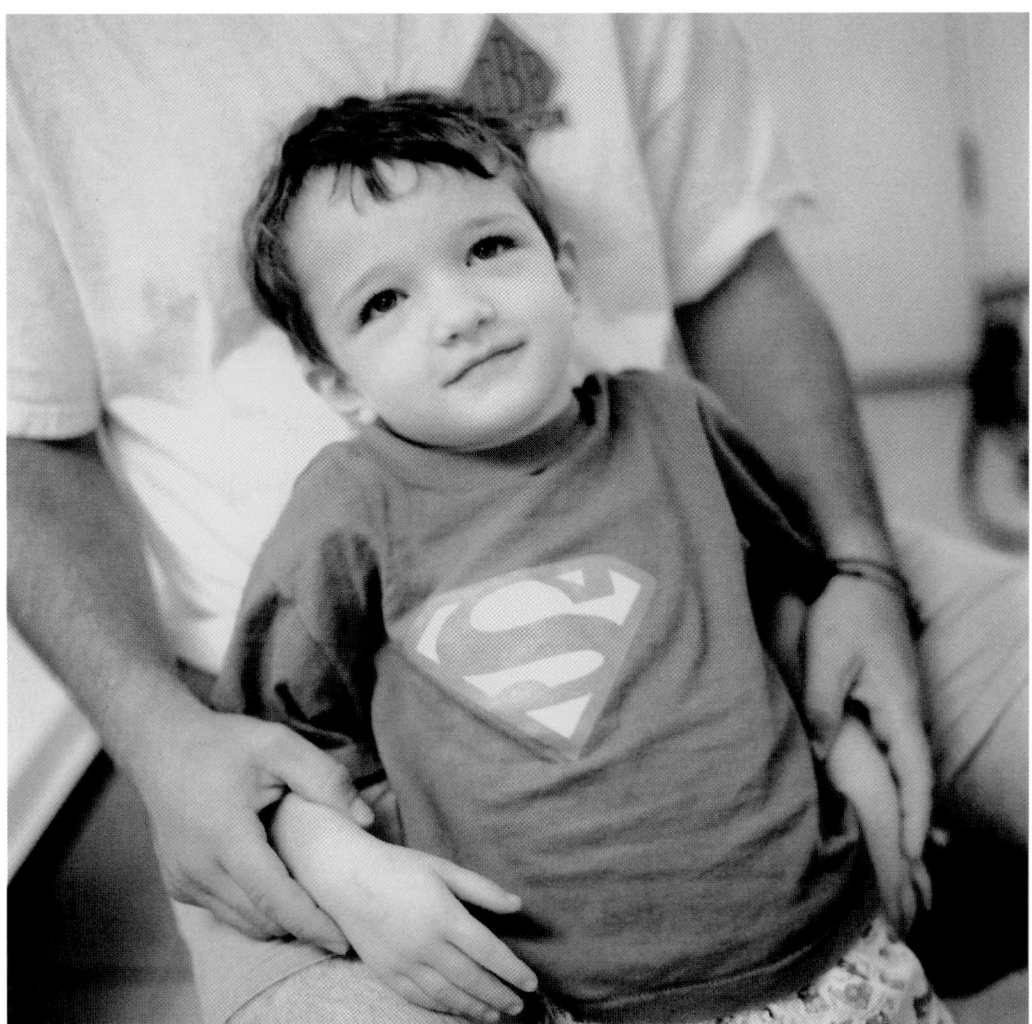

아들에게는 지도자가 되어야 할 때와

지지자가 되어야 할 때를 가르쳐주는 그런 아버지가 필요하다.

A son needs a dad to teach him when to lead
and when to follow.

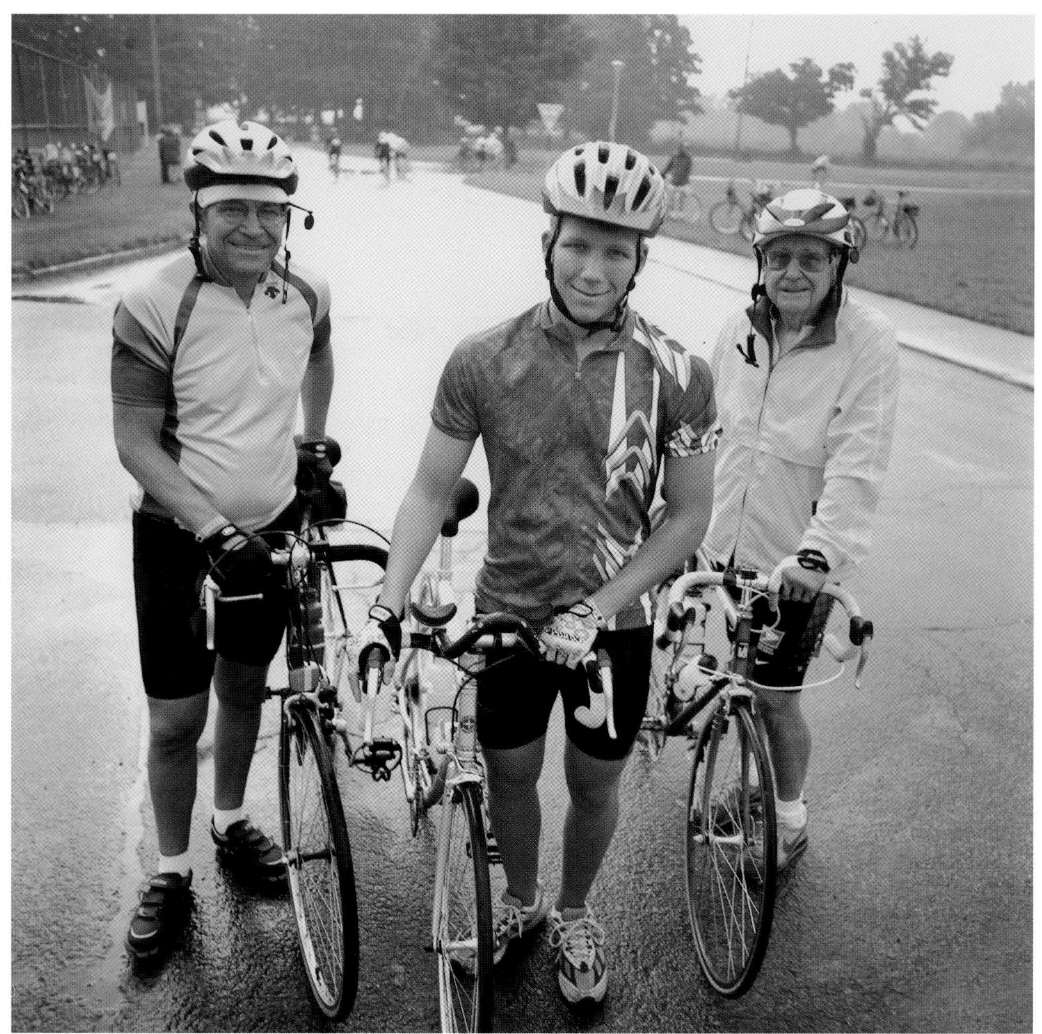

아들에게는
사랑은 이기적이지 않아야 한다고 가르치고
아들이 비합리적인 일을 하리라고는 기대하지 않는 아버지,
흔들림 없이 아들을 사랑하지만 엄하고 공정하게 단련시키고
이기적으로 행동하고 싶은 유혹을 피하라고 가르치는
그런 아버지가 필요하다.

A son needs a dad...

who will show him that love is unselfish.

who will not expect the unreasonable from him.

who will discipline him firmly and fairly, while loving him relentlessly.

who will teach him to avoid selfish temptations.

아들에게는 무조건적인 사랑을
보여주는 그런 아버지가 필요하다.

A son needs a dad to show him unconditional love.

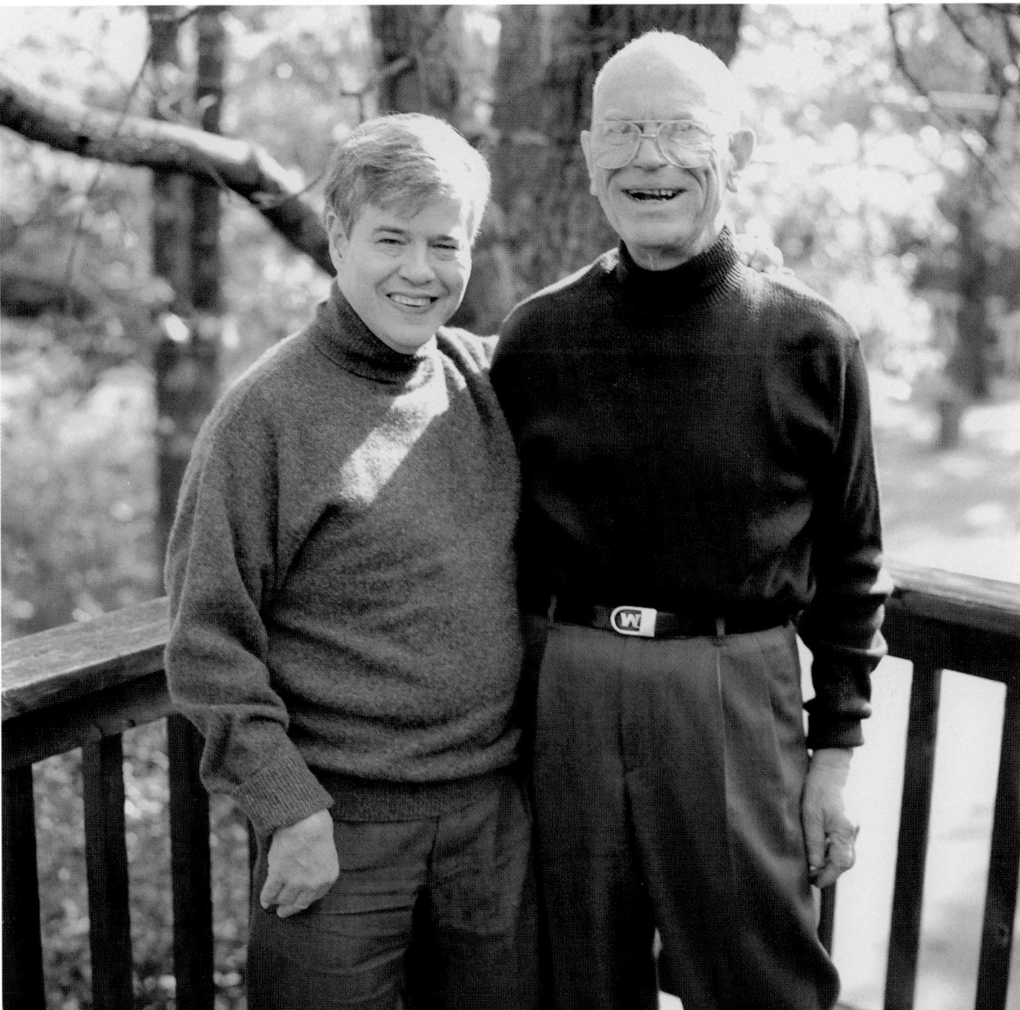

아들에게는 단호함과 고집스러움의
차이를 가르쳐주는 그런 아버지가 필요하다.

A son needs a dad to show him the difference
between being firm and being stubborn.

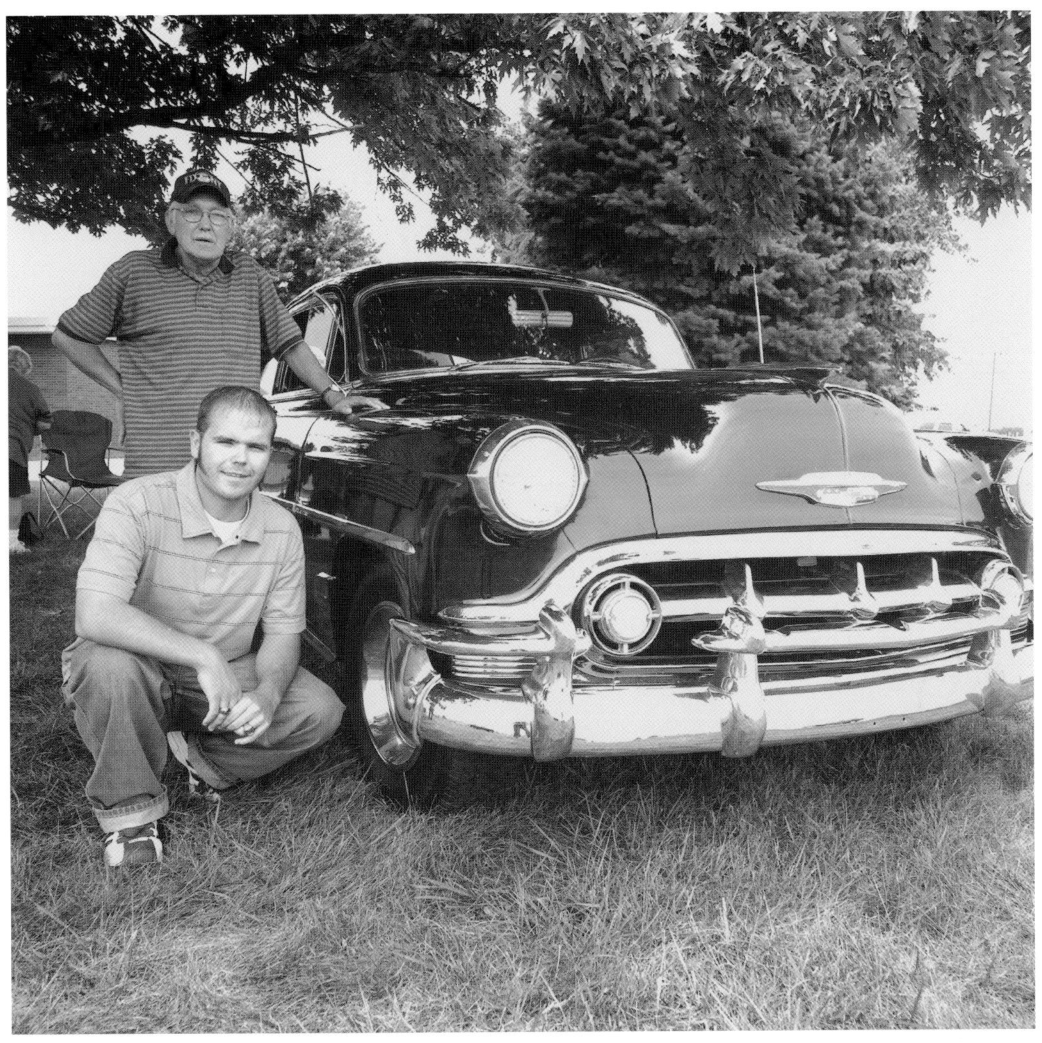

아들에게는 때로는 아들을
자신과 동등하게 대해주는 그런 아버지가 필요하다.

A son needs a dad to let him be his equal now and then.

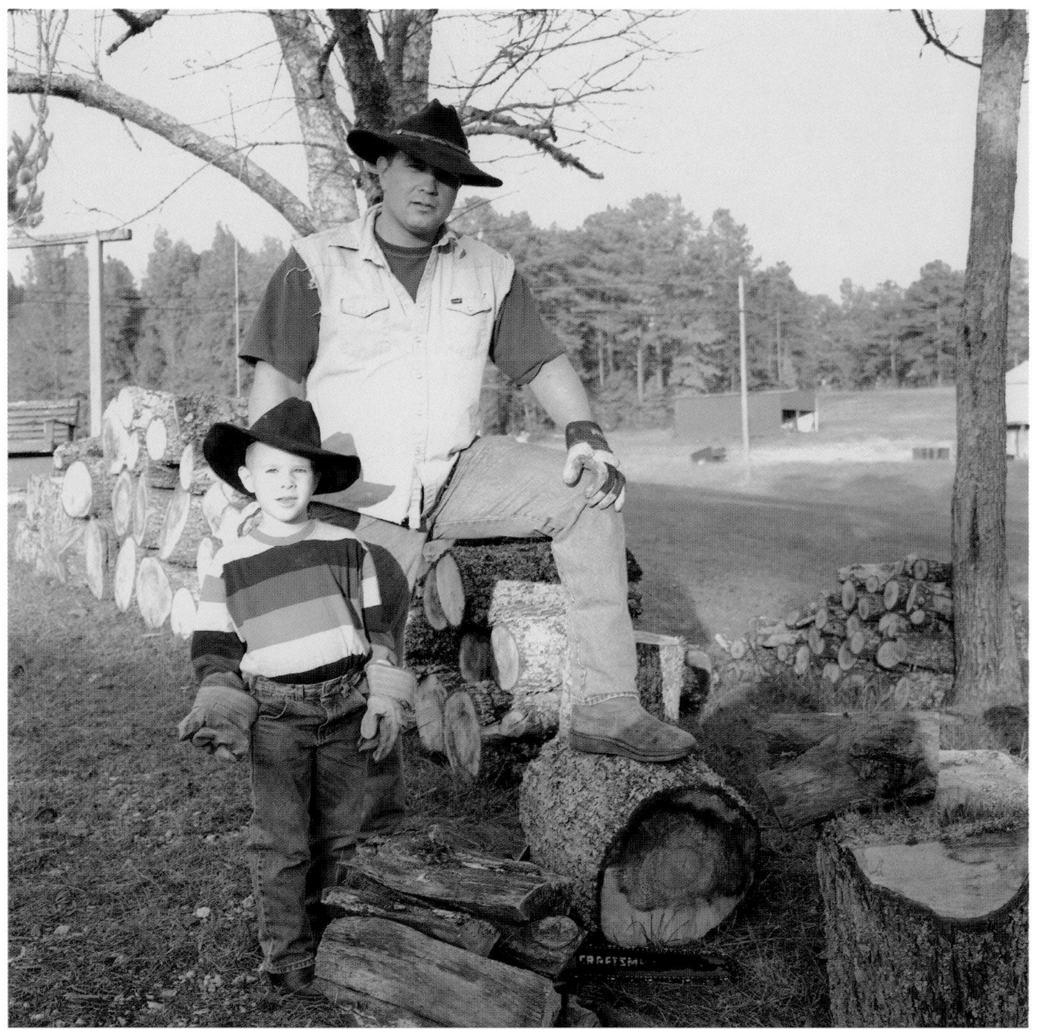
CRAFTSMAN

아들에게는

자신의 이익을 위해 남을 이용하지 말라고 가르치고

아들이 한 남자로 자라나는 동안 도덕적으로 모범이 되는 아버지,

가치있는 목표를 추구하라고 격려해주고

자주 사랑한다고 말해주는

그런 아버지가 필요하다.

A son needs a dad···

to teach him not to use others for his own benefit.

to provide moral guidance as he becomes a man.

to urge him to pursue worthy goals.

to tell him often that he is loved.

아들에게는 자신의 길을
찾을 수 있게 도와주는 그런 아버지가 필요하다.

A son needs a dad to help him find his way.

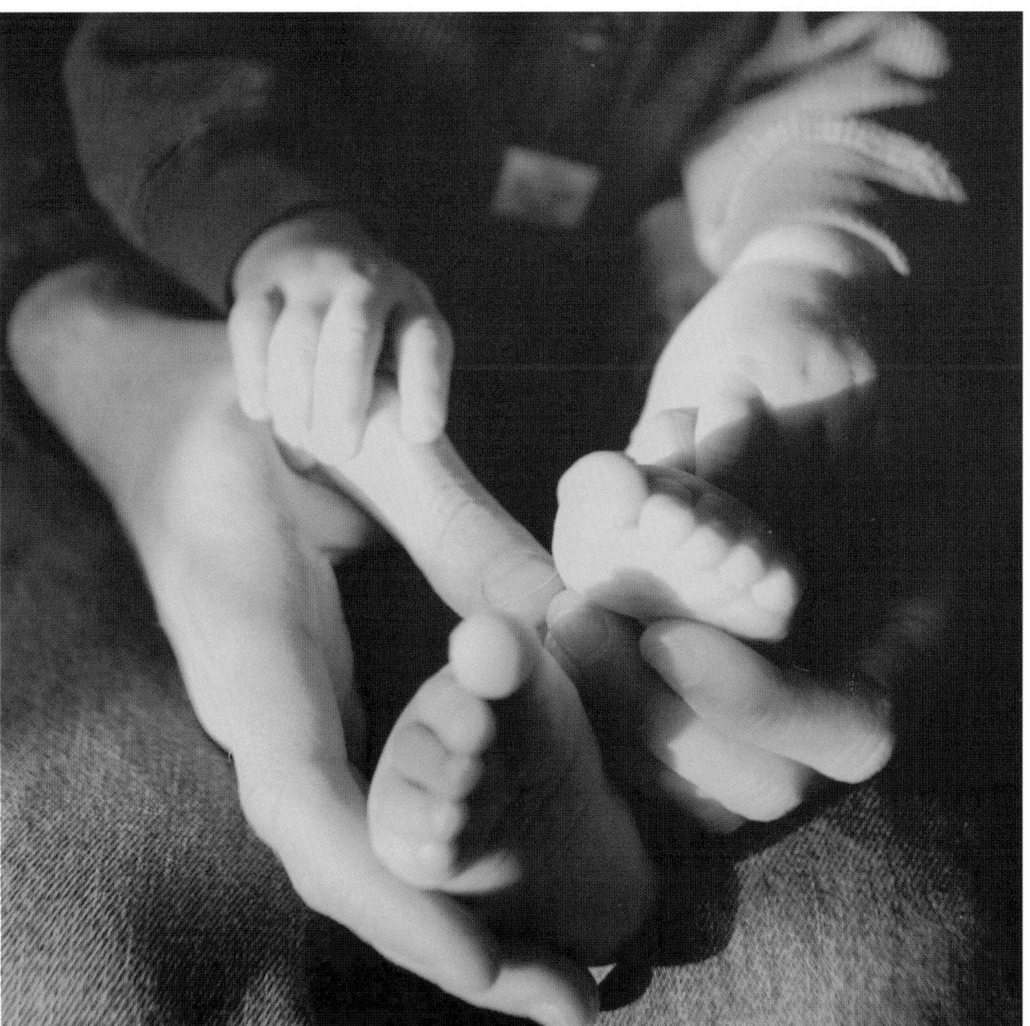

아들에게는 넥타이 매는 법을
가르쳐주는 그런 아버지가 필요하다.

A son needs a dad to show him how to tie a necktie.

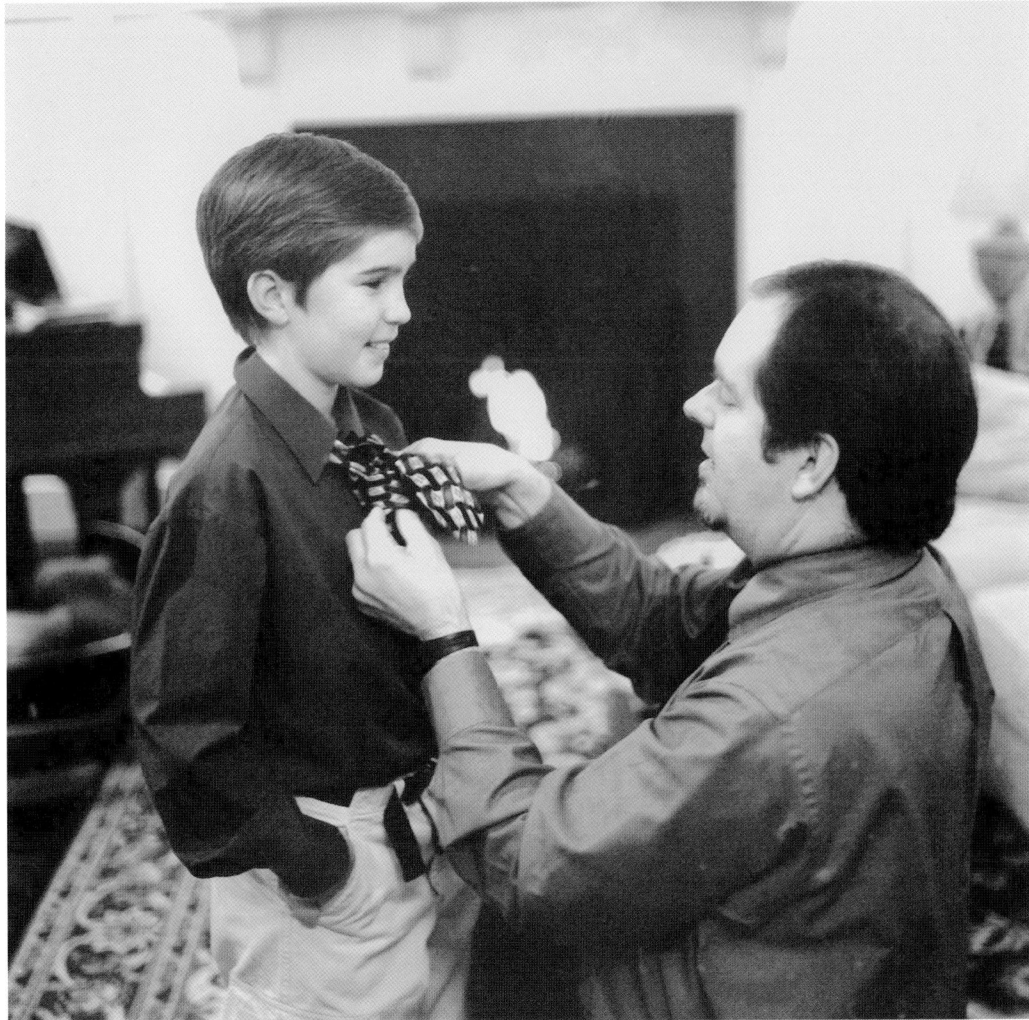

아들에게는 가족이 일보다
중요하다고 가르치는 그런 아버지가 필요하다.

A son needs a dad to teach him that family is more
important than work.

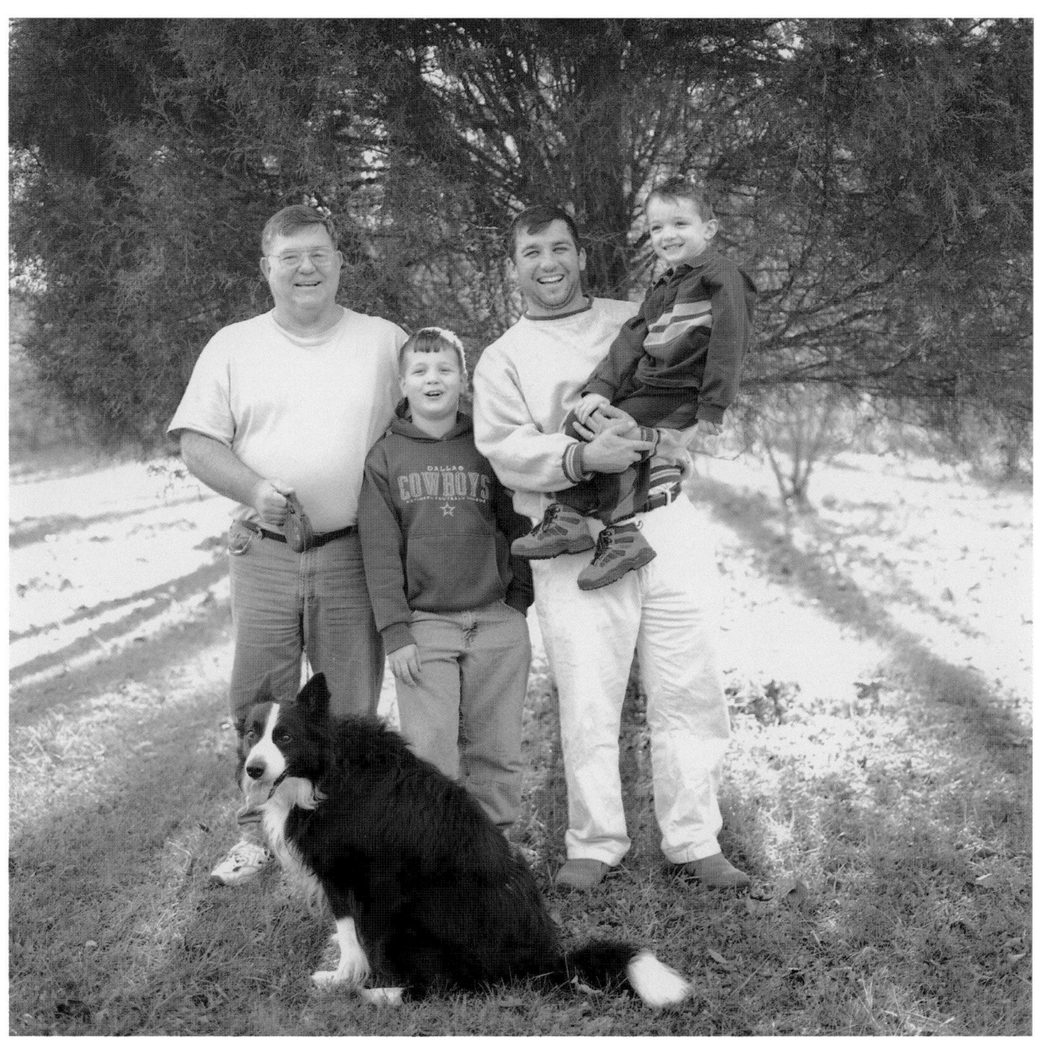

아들에게는 인내심을
가르쳐주는 그런 아버지가 필요하다.

A son needs a dad to show him patience.

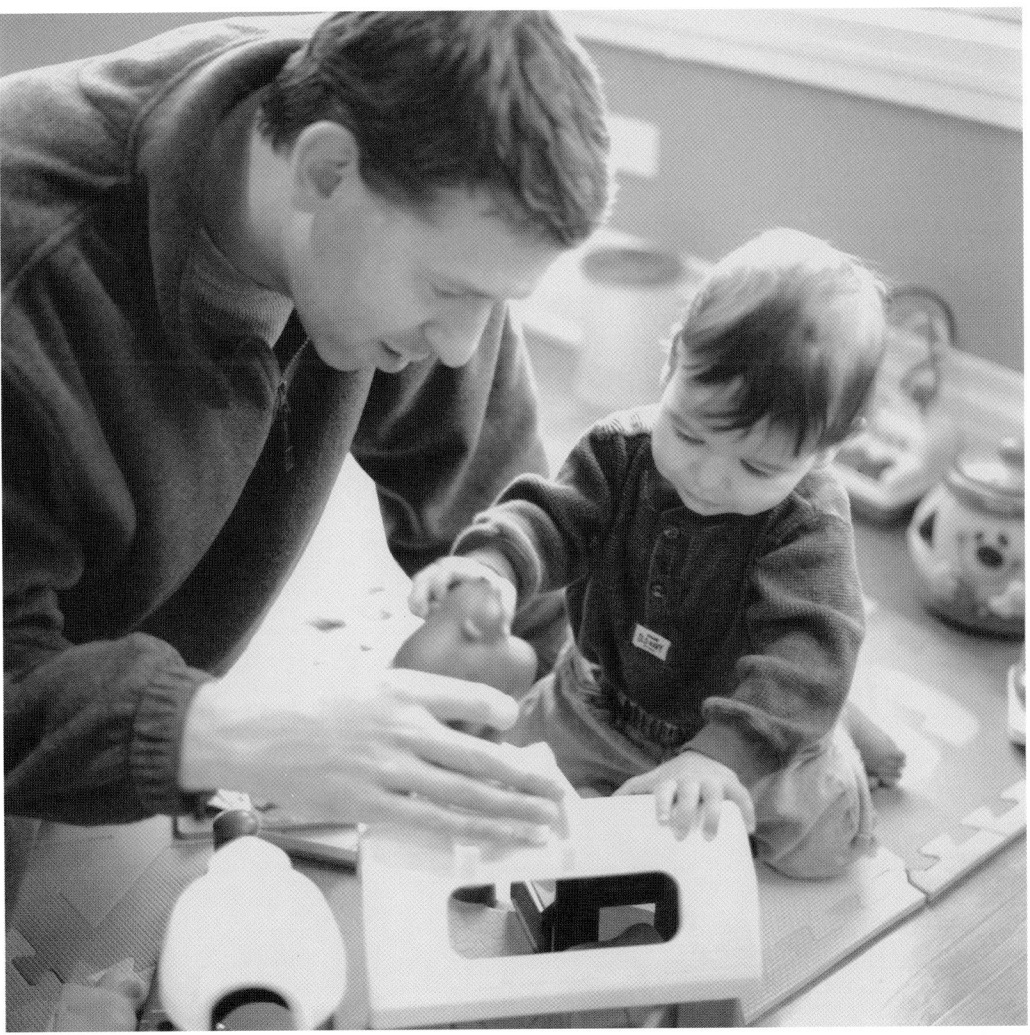

아들에게는 지혜와 이해의 반석 위에 세워진
사랑으로 가득한 가정을 만들어주는 그런 아버지가 필요하다.

A son needs a dad to build a loving house on a foundation
of wisdom and understanding.

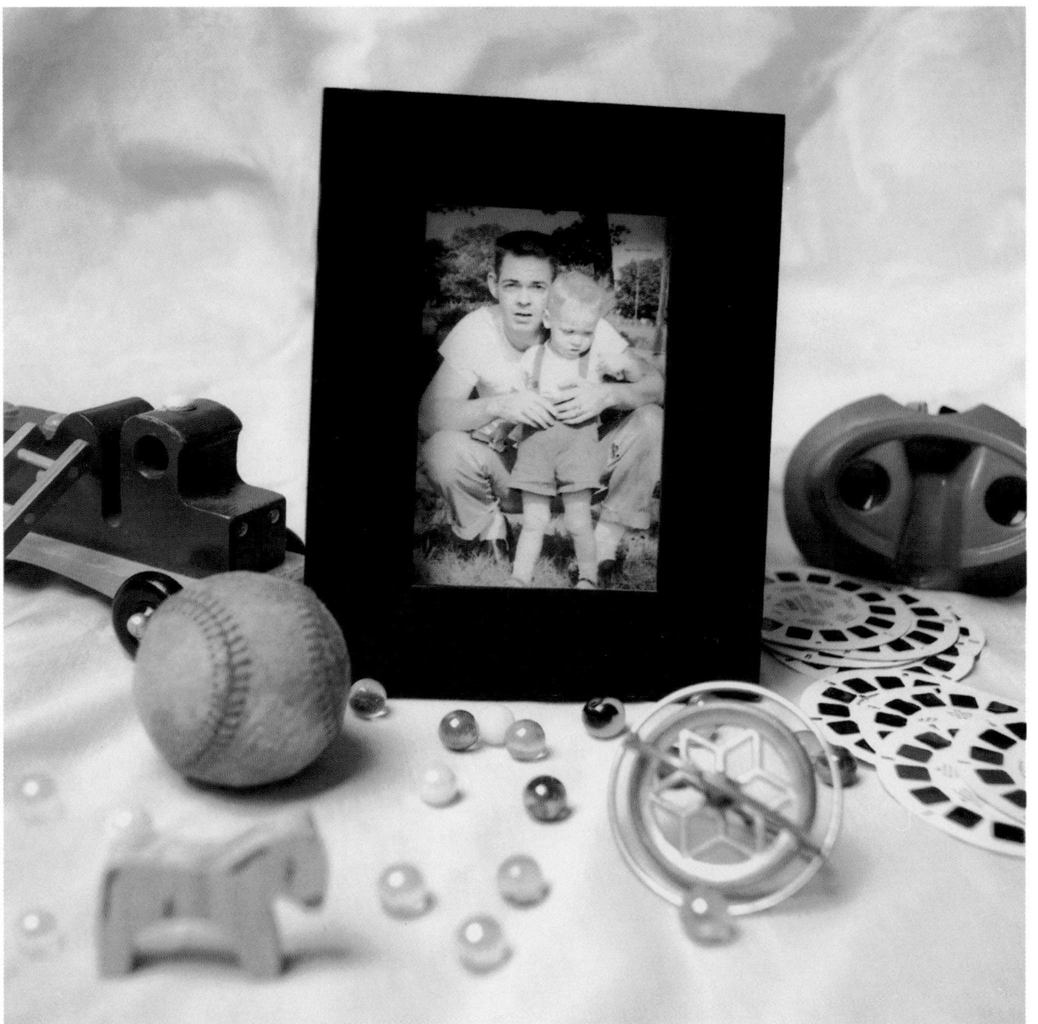

아들에게는
아들이 공명정대하게 행동할 것이라고 기대하며
자기 주장을 옹호하는 법을 가르쳐주는 아버지,
자기가 잘못한 일에 대해 책임을 지라고 가르치며
몰랐다는 것은 변명이 될 수 없다고 말해주는
그런 아버지가 필요하다.

A son needs a dad···

who will expect him to play fair.

to teach him to stand up for himself.

to teach him to be accountable for his wrongdoings.

to tell him that ignorance is not an excuse.

아들에게는 자신에게 지워진

무거운 짐을 덜어주는 그런 아버지가 필요하다.

A son needs a dad to help ease the burdens
that weigh heavily on him.

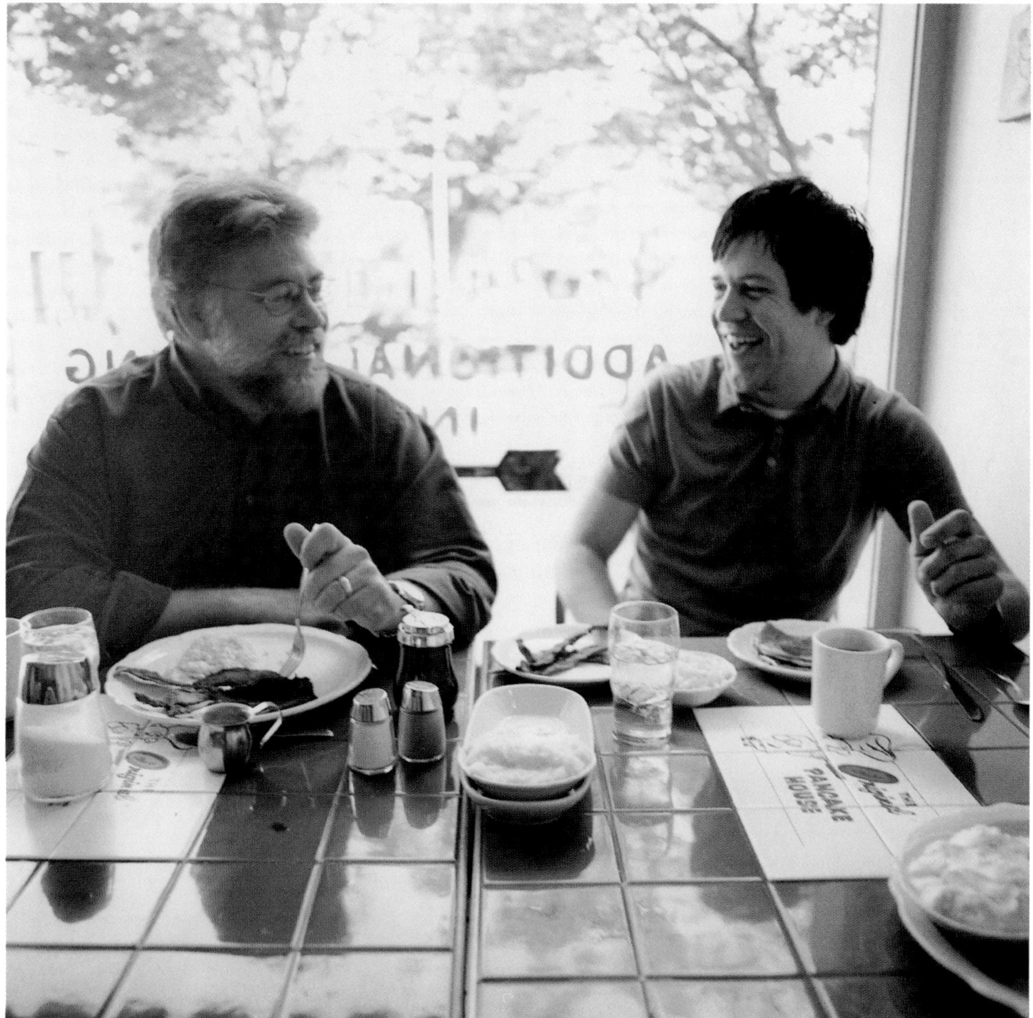

아들에게는 자식의 성장을 위해

부드럽게 압력을 가하는 그런 아버지가 필요하다.

A son needs a dad to give him the gentle pushes
that help him grow.

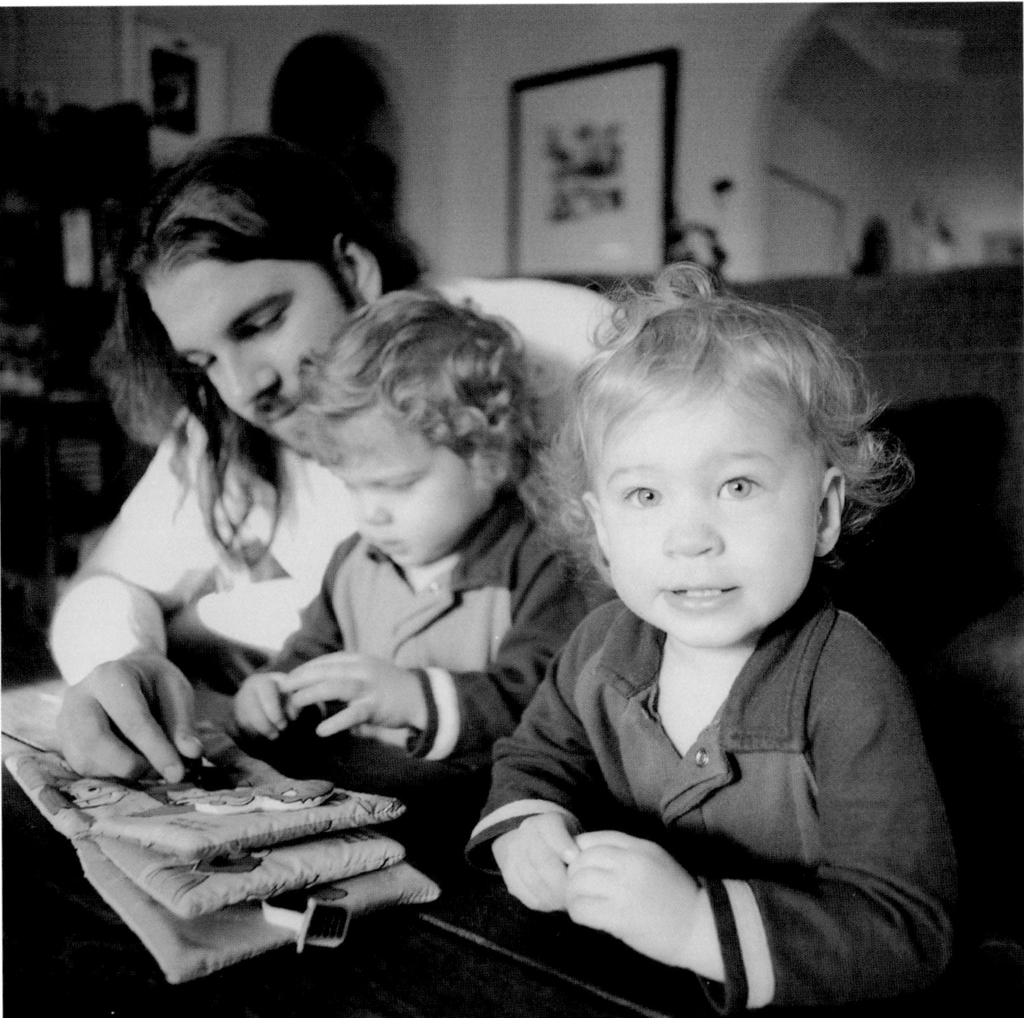

아들에게는

항상 모든 것이 통제 가능한 상황일 필요는 없다고 가르치며

실수를 인정해도 좋다고 말해주는 아버지,

진정한 힘은 억제할 때 그 진가를 최고로 발휘하는 것이라고 가르치고

곤경에 처했을 때도 존엄성을 지키라고 가르치는

그런 아버지가 필요하다.

A son needs a dad···

to teach him that he does not always need to be in control.

to tell him it is okay to admit his mistakes.

to teach him that strength is best expressed with restraint.

to teach him how to maintain dignity in difficult times.

아들에게는 자신을 보호할 만한

힘이 없을 때 아들을 지켜주는 그런 아버지가 필요하다.

A son needs a dad who will protect him when he is not strong
enough to protect himself.

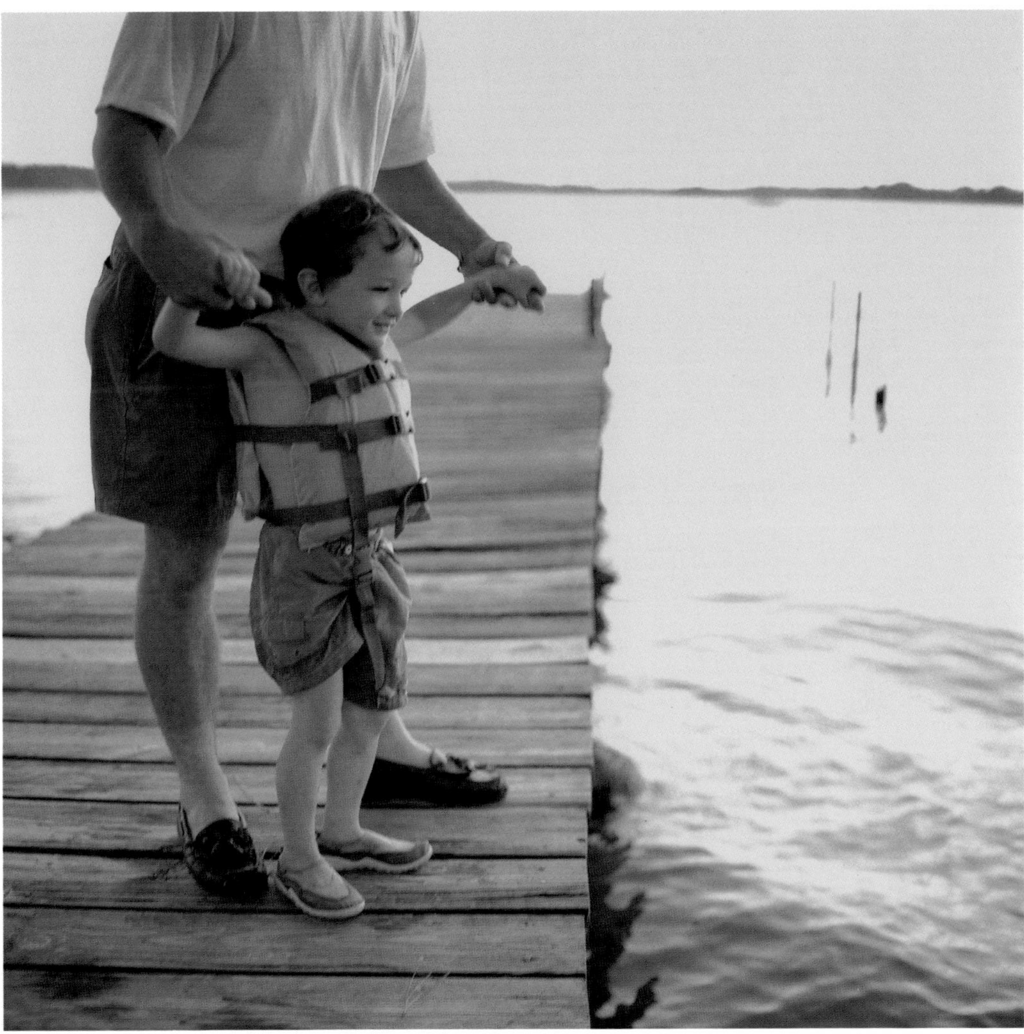

아들에게는 자식을

신앙인으로 이끌어주는 그런 아버지가 필요하다.

A son needs a dad to lead him toward faith.

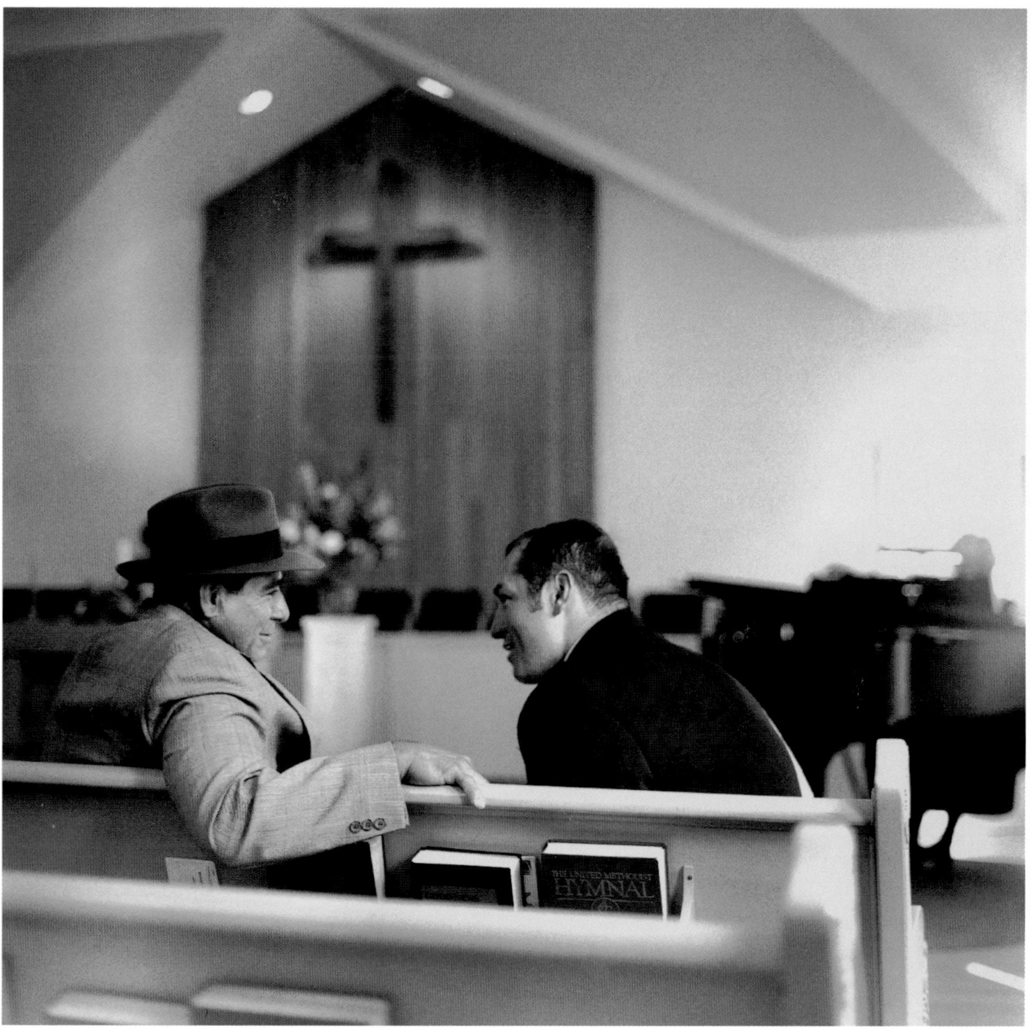

아들에게는 자신조차 믿을 수 없을 때
용기를 북돋워주는 그런 아버지가 필요하다.

A son needs a dad to encourage him when he is
in doubt of himself.

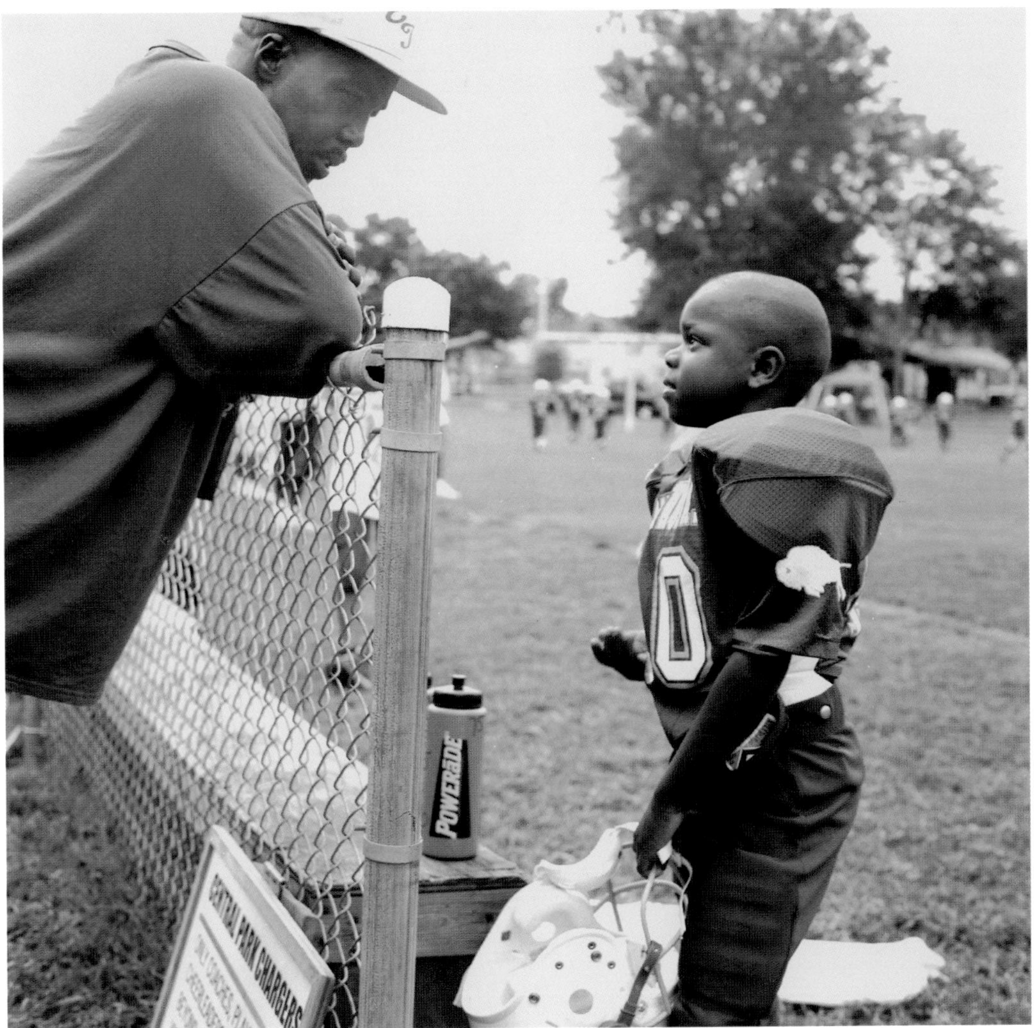
CENTRAL PARK CHARGERS
POWERADE

아들에게는 애국심과 시민으로서의
책임감을 강조하는 그런 아버지가 필요하다.

A son needs a dad to encourage patriotism
and civic responsibility.

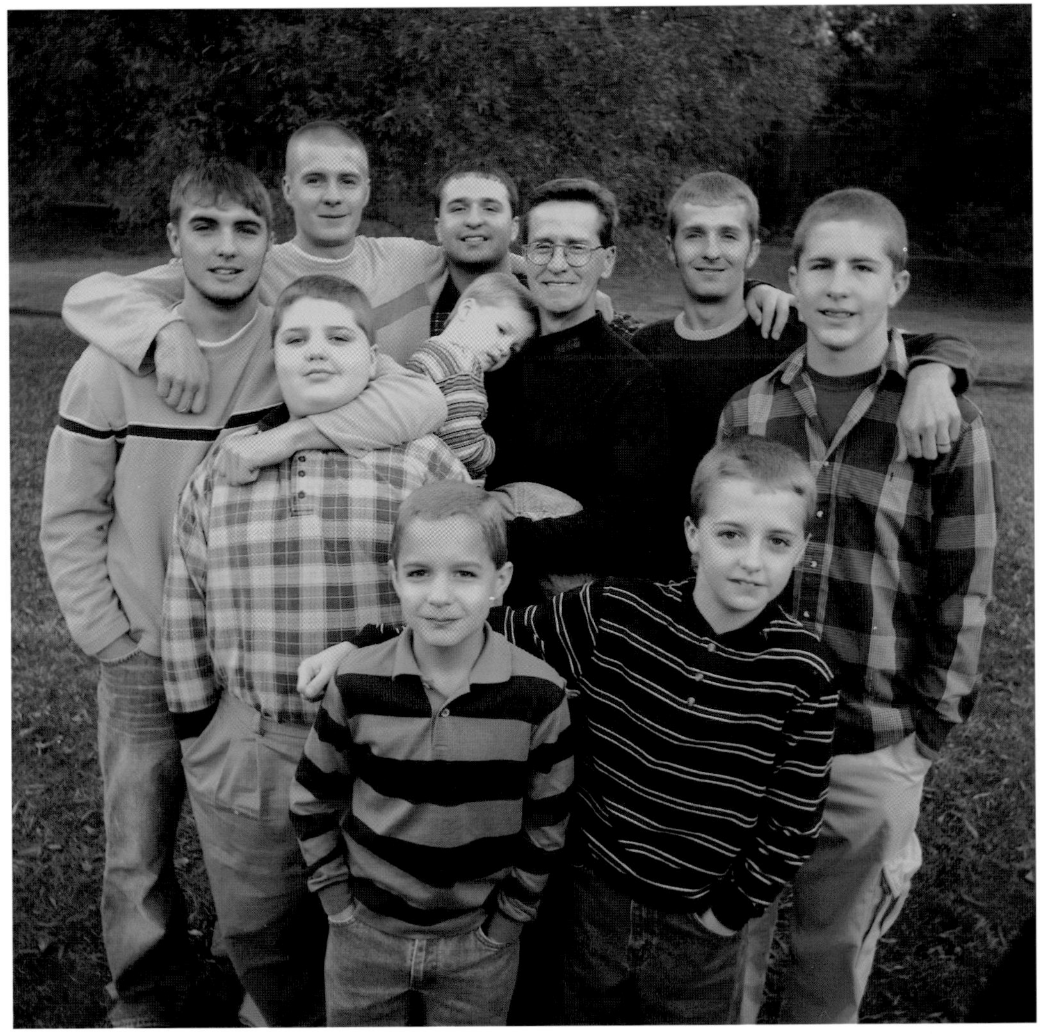

아들에게는
어머니를 도와주고
여자를 존중하라고 가르치는 아버지,
신사적으로 행동하라고 가르치며
장래에 대한 계획을 함께 세워주는
그런 아버지가 필요하다.

A son needs a dad···

who will help his mother.

to teach him to be respectful of women.

to teach him how to be a gentleman.

to help him plan for his future.

아들에게는 애정과 보호 안에서

안락함을 느끼게 해주는 그런 아버지가 필요하다.

A son needs a dad who will give the comfort of
protection and affection.

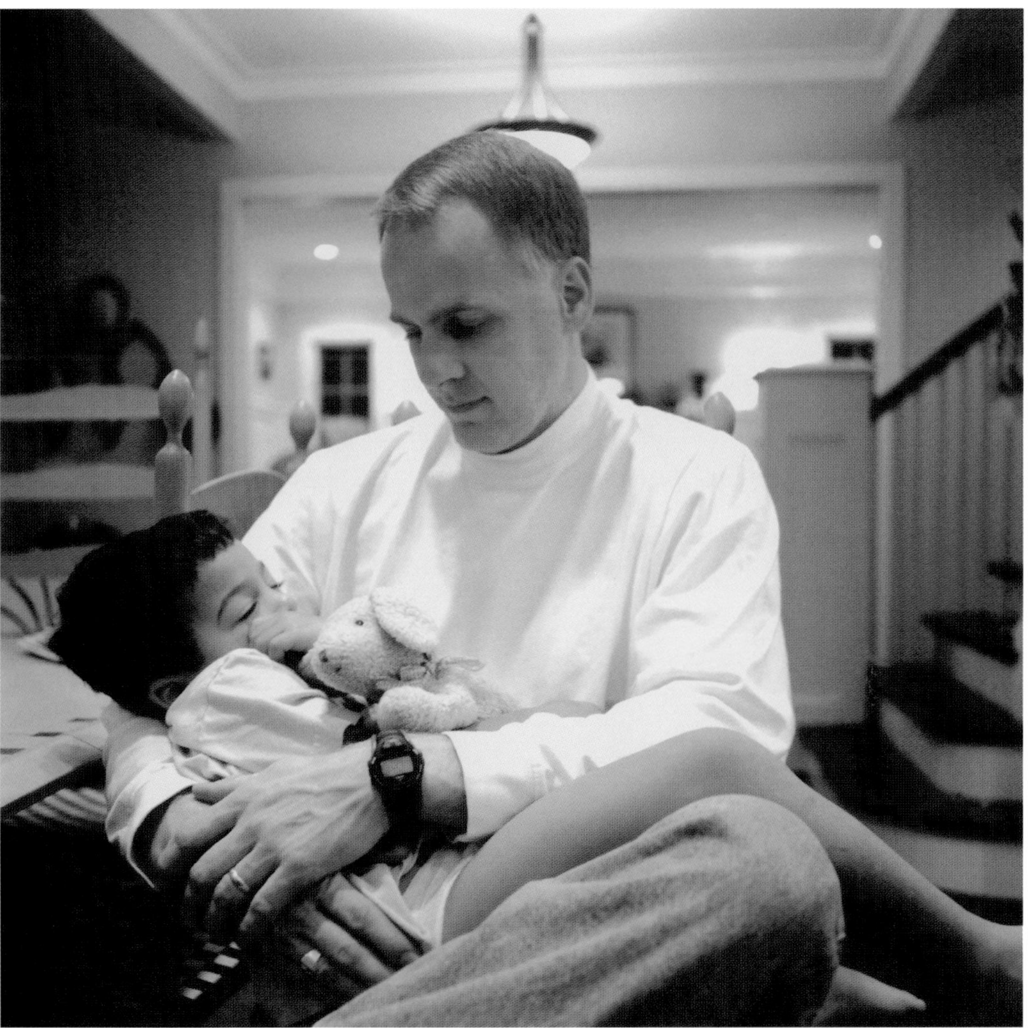

아들에게는 자기 표현을
기꺼이 받아주는 그런 아버지가 필요하다.

A son needs a dad who welcomes self-expression.

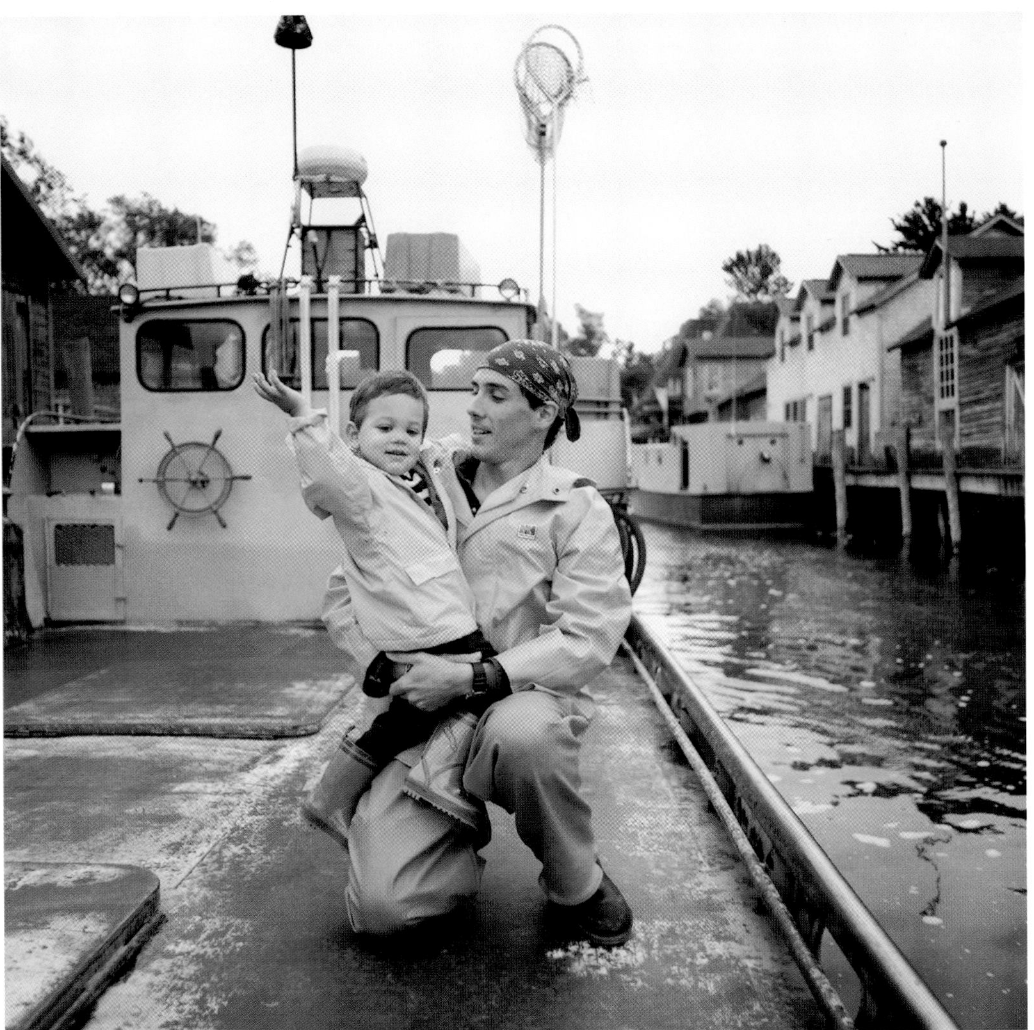

아들에게는
진실을 알아보고 그 가치를 인정하라고 가르치고
성실함을 알아보고 그것을 격려하라고 가르치는 아버지,
받은 것보다 더 많이 주라고 가르치며
후에 자기 자신에 대한 평가를 내릴 때 기준이 되어줄
그런 아버지가 필요하다.

A son needs a dad···

to teach him to recognize the truth and reward it.

to teach him to recognize sincerity and encourage it.

to teach him to give more than he takes.

to be the standard by which he will later measure himself.

아들에게는 망설임 없이
애정을 표현하는 그런 아버지가 필요하다.

A son needs a dad who will show him
affection without hesitation.

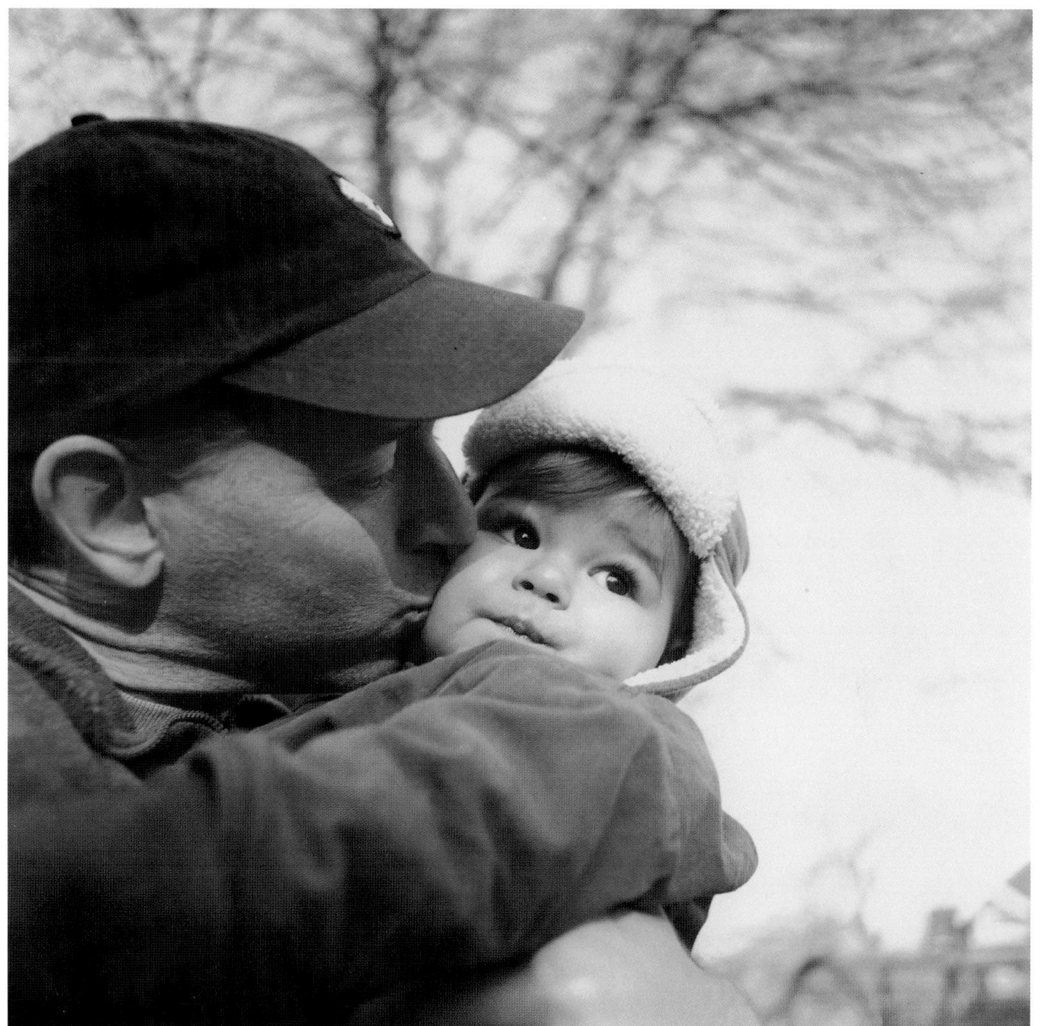

아들에게는 무엇이든

물어볼 수 있는 그런 아버지가 필요하다.

A son needs a dad who allows him to question.

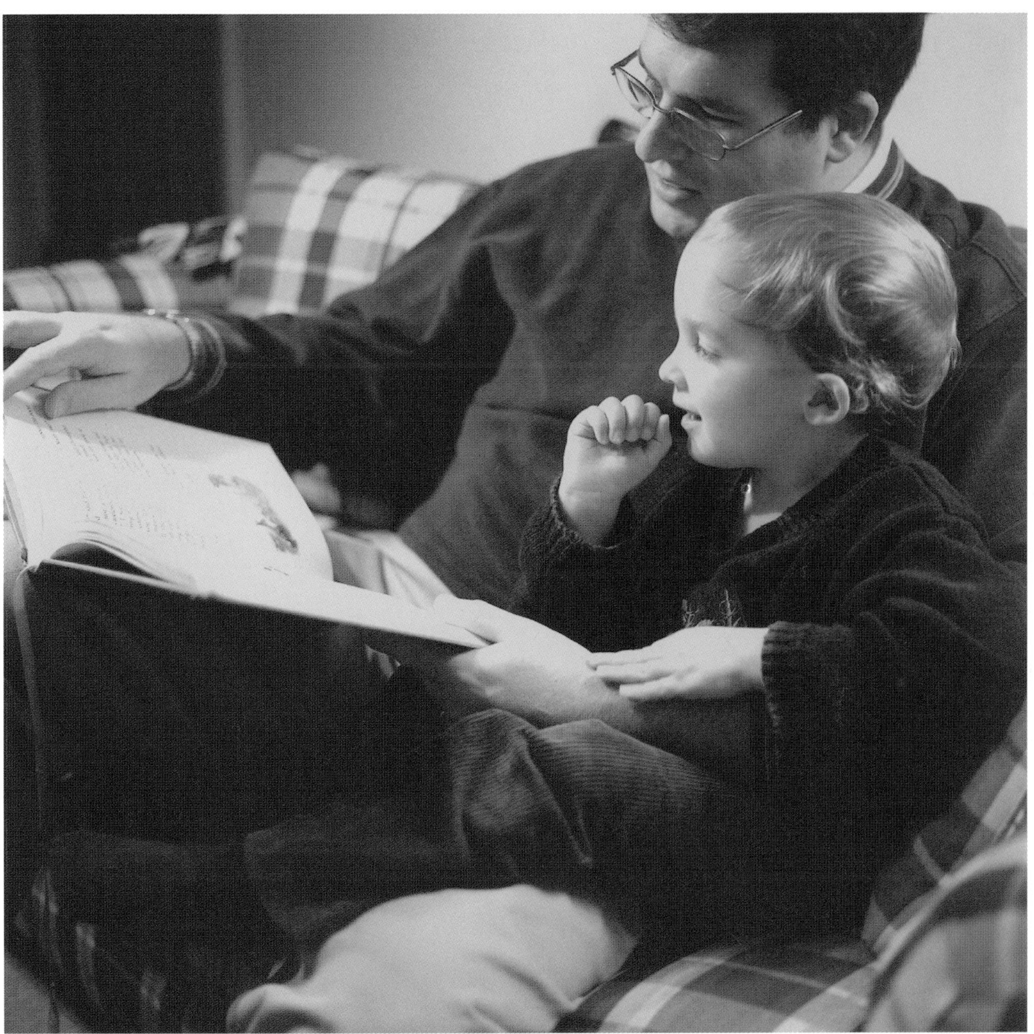

아들에게는 남들이 자기와 다른 점을

받아들이라고 가르치는 그런 아버지가 필요하다.

A son needs a dad to teach him to accept
the differences in others.

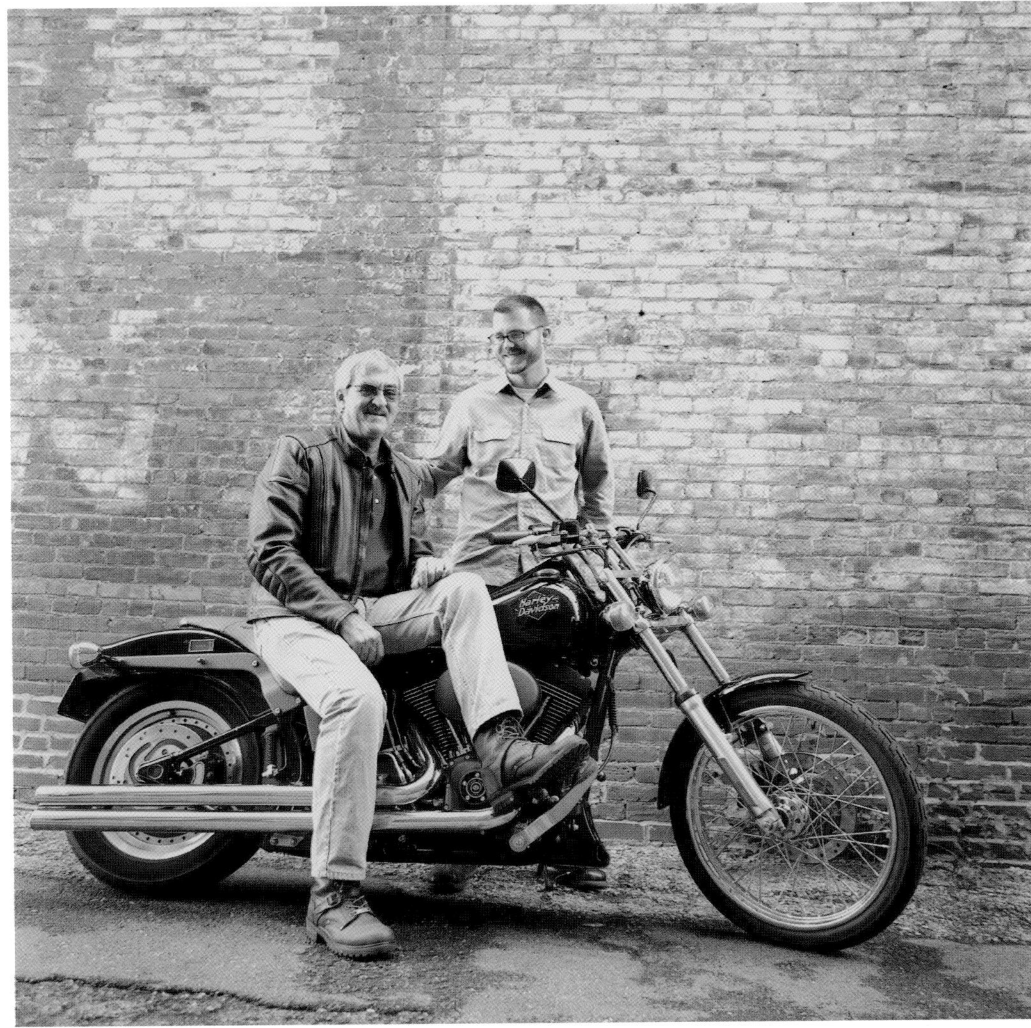

아들에게는 가족을 위해

기꺼이 희생하는 그런 아버지가 필요하다.

A son needs a dad who is willing to make sacrifices
for his family.

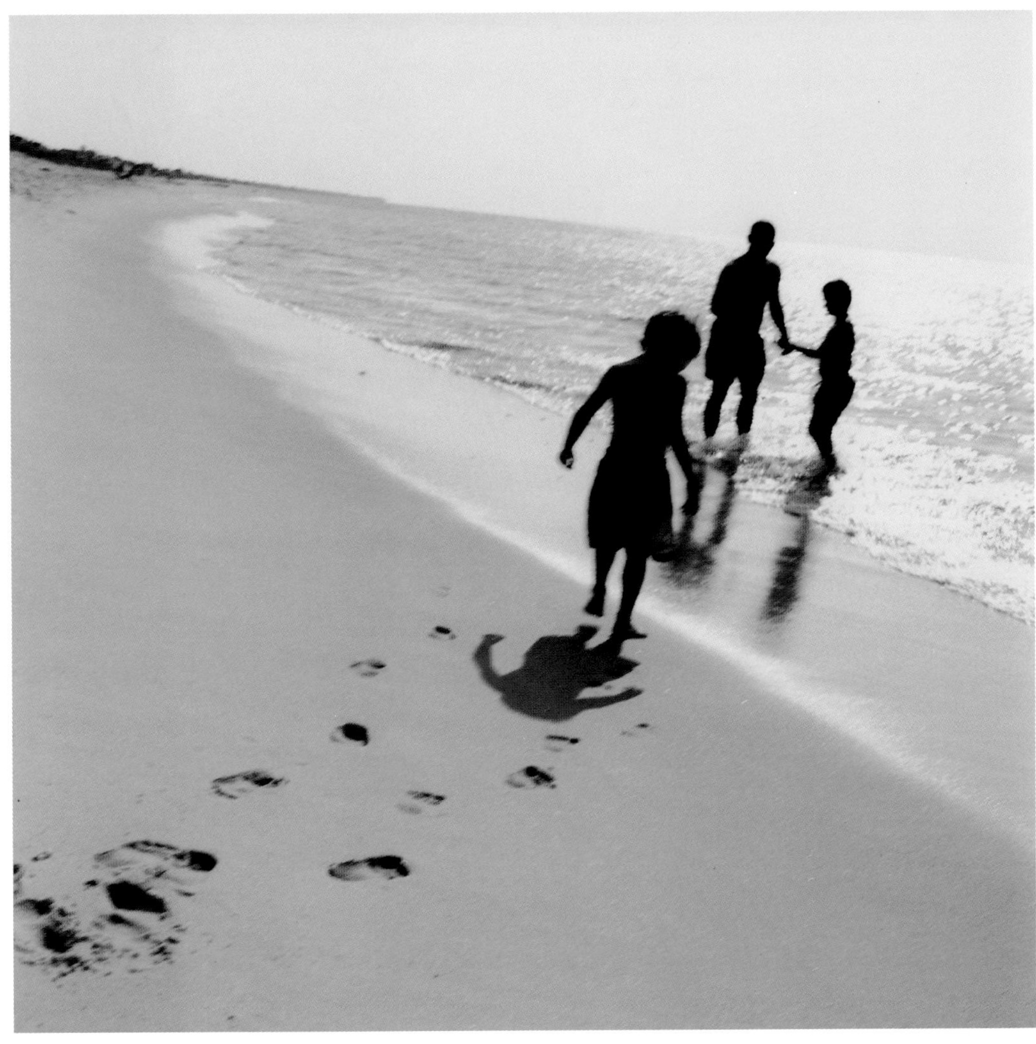

아들에게는 아버지가 되었을 때

역할모델이 되어줄 그런 아버지가 필요하다.

A son needs a dad to be the role model for the father
he will become.

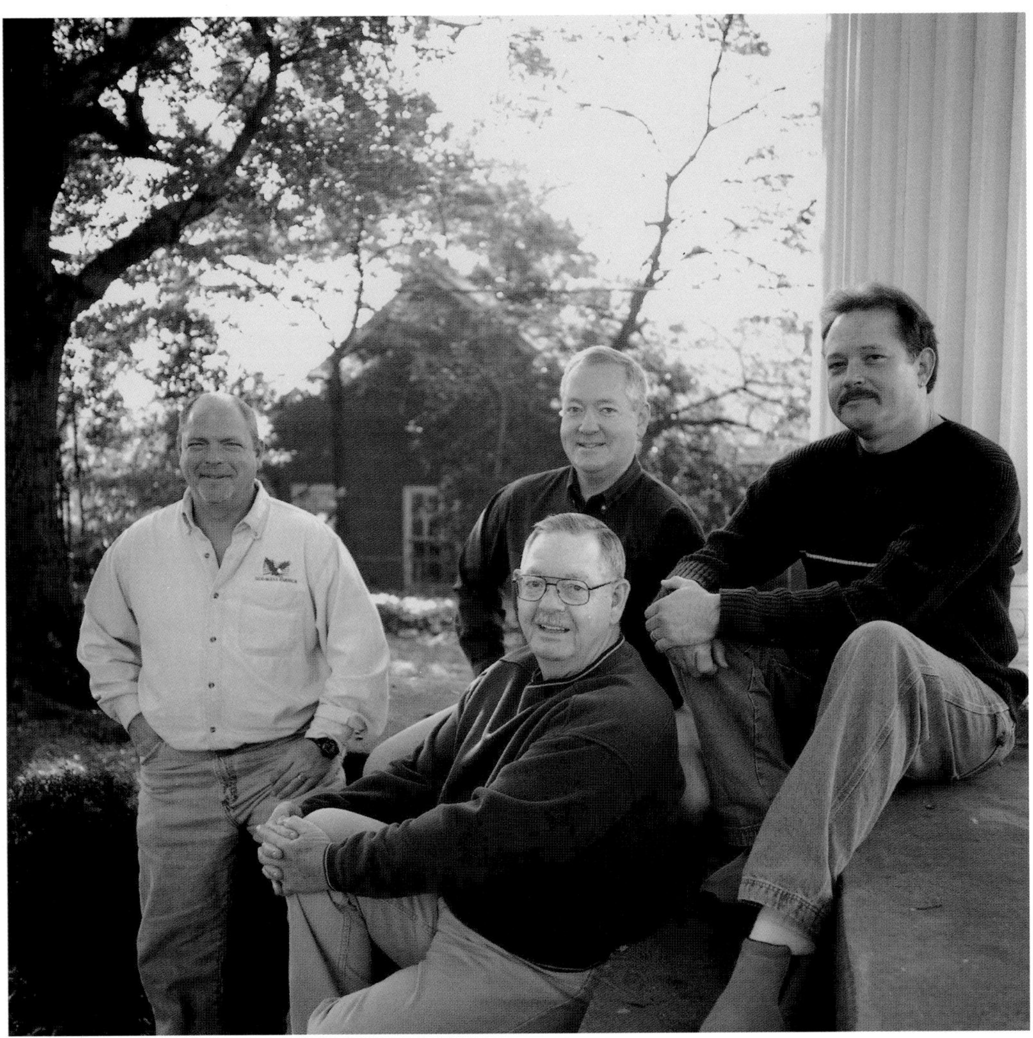

아들에게는

행동하기 전에 결과에 대해 생각하고

가족을 부양하는 일에 자부심을 가지라고 가르치는 아버지,

자기를 사랑하는 여자를 존중하고

용서란 언제나 옳은 일이라고 가르치는

그런 아버지가 필요하다.

A son needs a dad···

to teach him to think about consequences before he acts.

to teach him to take pride in providing for the family.

to teach him to honor the woman who loves him.

to teach him that forgiving is always the right thing to do.

아들에게는 남의 얘기에 겸허한 자세로

귀 기울이라고 가르치는 그런 아버지가 필요하다.

A son needs a dad to teach him not to let pride
get in the way of listening.

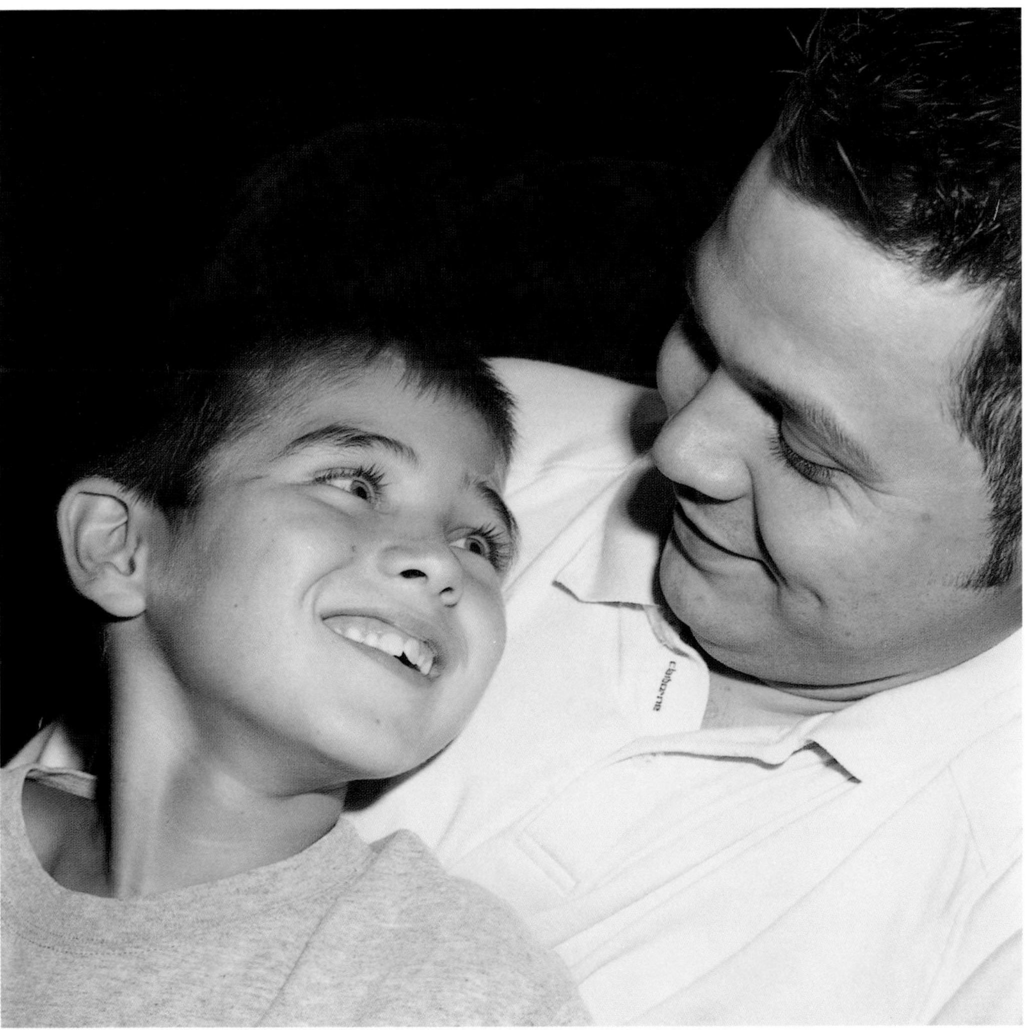

아들에게는
나무 위에 집 짓는 것을 도와주고
울고 있을 때 달래주는 아버지,
언제나 정직하라고 가르치며
신뢰할 수 있다는 말의 의미를 가르쳐주는
그런 아버지가 필요하다.

A son needs a dad···

to help him build a tree house.

to comfort him when he cries.

to teach him to be honest at all times.

to show him the meaning of the word reliable.

아들에게는 아버지가 필요하다.

아버지가 없으면 살아가면서 당연히 누려야 할 것들이 줄어드니까.

A son needs a dad because without him he will have less
in his life than he deserves.

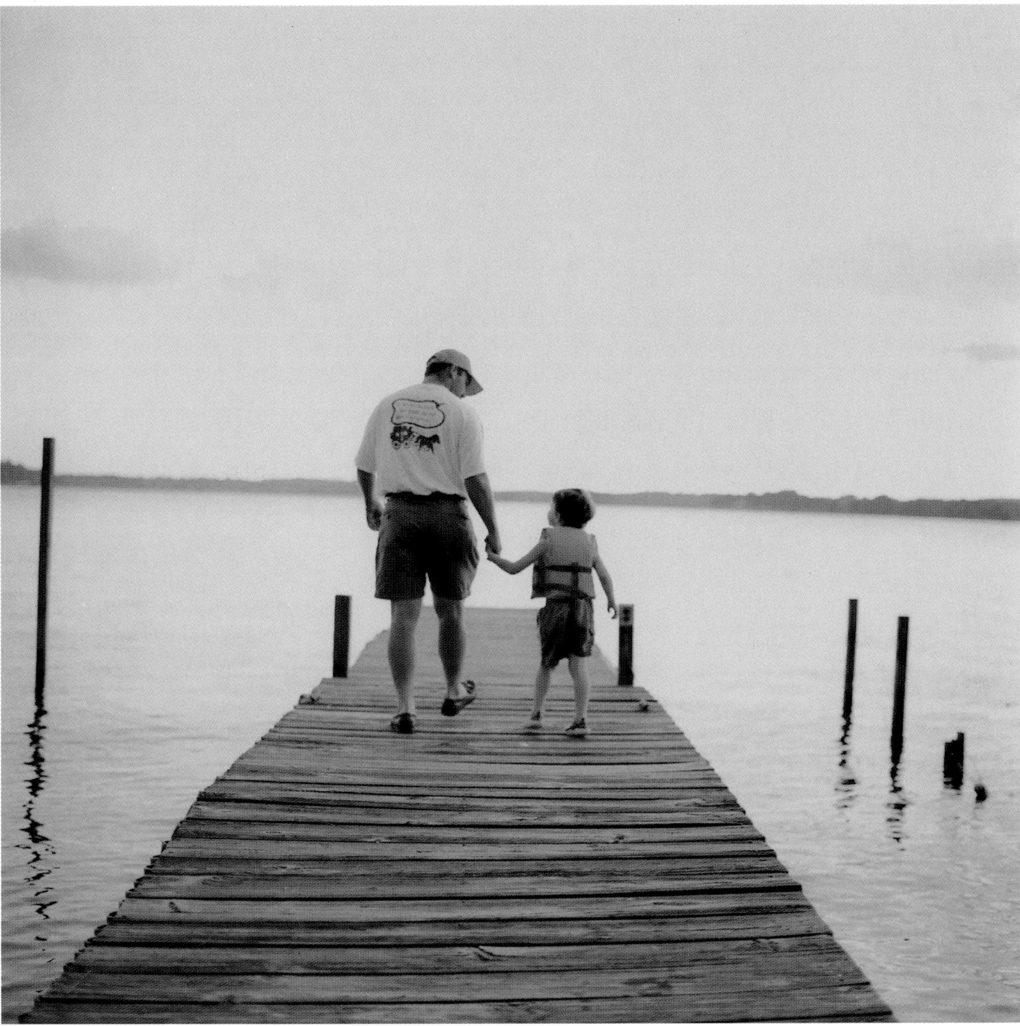

에필로그

　　우리 아버지는 서른 살 전에 이미 자식을 다섯이나 두었고 나는 그 중 장남으로 태어났다. 그러니 집안이 잠시도 잠잠한 날이 없었다. 집 안팎에서 끊임없이 사건이 벌어졌다. 아이들로 북적대던 집은 아이들이 자라면서 점점 비좁아져 터져나갈 것 같았다. 아버지는 가족을 부양하느라 열심히 일하는 와중에도 짬짬이 시간을 내어 우리들과 함께 놀아주었다. 우리들을 전부 데리고 놀 때도 있었고 한 명씩 따로 놀아주기도 했다. 우리가 나무 위에 집을 지어놓으면 튼튼하고 안전하게 지어졌는지 살펴봐주었다. 비누곽 경주 놀이를 하면 누구 비누곽이 결승점을 통과했는지 심판을 봐주기도 했다. 우리가 운전대 너머로 밖을 내다볼 수 있을 만큼 자라면 승합차나 오래된 픽업 트럭 중에서 마음에 드는 것을 고르게 한 다음 무릎 위에 앉히고 동네를 한 바퀴 돌며 구경시켜주었다.

　　어린 시절 아버지와 함께 했던 많은 일들이 내게 따뜻한 기억으로 남아 있다. 앞마당에서 커브 볼을 던지는 법을 가르쳐주던 아버지, 보이스카우트에서 내준 과제를 도와줘서 누구나 탐내는 공로배지를 받게 해주었던 아버지, 일요일 오후면 자동차를 고치거나 집안 여기저기 손을 보면서 나를 옆에 세워두고 연장 심부름을 시키던 아버지, 낚시를 무척 좋아했던 아버지는 토요일 아침 동트기 전에 나를 흔들어 깨웠다. 그리고는 동생들이 깰세라 나직이 속삭이며 우리 둘이서만 조용히 빠져 나와 낚시를 하러 갔던 적도 있었다. 우리는 물가에 서서 얘기를 하기도 하고 아침이 열리는 소리에 가만히 귀 기울이는 것으로 만족할 때도 있었다. 이렇게 어린 시절을 보낸 내게 아버지는 영웅이었다.

청소년기로 접어들면서 우리 관계에 변화가 생기기 시작했다. 나도 다른 아이들과 마찬가지로 부모의 몰이해와 지나친 통제에 불만을 느꼈다. 나는 '또래들 사이에서 유행하는' 옷을 입었고 책임과 의무는 뒷전으로 한 채 친구들과 늦게까지 밖으로 돌아다녔다. 이런 나의 반항적인 행동들은 손톱에 박힌 가시처럼 아버지의 신경을 건드렸다. 아버지나 나나 둘 다 강한 성격을 지닌 터라 충돌이 잦았다. 질풍노도 나의 사춘기 시절은 우리 부자 모두에게 어려운 시기였다. 둘 사이의 불화가 너무 심해서 때로는 서로에 대한 애정이 의심스러울 정도였다. 내게 낚시를 가르쳐주던 자상했던 분이 어떻게 저렇게 되었는지 난 이해할 수 없었다. 그리고 아버지 집을 떠나 독립할 때 아버지가 되어서는 물론이고 어른이 되어서도 아버지처럼 되지 않겠다고 다짐했다.

대학원에 들어갈 무렵 아버지와 나는 평화롭게 공존할 수 있었다. 서로 다르긴 해도 사이는 좋은 편이었고 대화를 많이 나누진 않았어도 언쟁을 벌이지 않았다. 부자간에 따뜻한 정은 느꼈지만 서로 포옹은 하지 않았다. 하지만 아버지가 내가 눈치 채지 못할 거라고 생각하며 내 주머니에 슬며시 돈을 넣어두시거나 일요일에 어머니가 차려주는 푸근한 밥상이 그리워 가끔 집에 들르면 반갑게 맞아주시던 아버지에 대해 감사하는 마음은 늘 자리잡고 있었다. 우리 사이가 예전 같지는 않았지만 다시 아버지를 사랑할 수 있게 되었다. 나는 속으로 '이 정도면 됐다.' 고 생각했다. 그때는 몇 년 후, 내가 아버지에게 진한 감정을 가지고 깊은 유대감을 나누게 되리라고는 생각지 못했다. 뿐만 아니라 이만한 어른으로 자랄 수 있었던 것을 아버지 덕으로 돌리게 되리라고는 상상조차 하지 못했다.

이제 나이가 들고 많은 경험을 하고 나니 아버지를 전혀 다른 눈으로 바라보게 되었다. 이제 막 10대로 접어든 아이의 아버지가 된 지금, 나는 어렸을 때 내가 아버지에게 했던 것과 똑같은 도전과 부담감을 체험하고 있다. 한때 아버지와 내가 벌였던 논쟁과 타협을 내 딸과 똑같이 되풀이하고 있다는 사실을 깨닫고는 씁쓸히 미소를 짓게 된다.

예전보다 지혜로워진 지금, 나는 아버지가 나를 이해 못하고 사사건건 간섭했던 것이 아니라는 것을 알게 되었다. 그 당시 나는 내게 어떤 위험이 닥치고 있는지 알 수 있을 만큼 경험이 없었다. 영원히 지워지지 않을 상처가 생기기 전에 곤경에서 빠져나올 수 있는 판단력도 부족했으며 내게 뭔가 나쁜 일이 일어날 수도 있다는 사실을 이해하지 못했다. 이제 와서야 아버지가 내 눈에 보이지 않던 것으로부터 나를 지켜주려 했다는 것을 알게 되었다. 단지 자기 자식을 품에서 떠나보내야 하는 두려움을 떨쳐버리려는 가슴 아픈 노력이었을 뿐이라는 것을.

아버지는 가족을 부양할 책임이 있다. 때로는 가족들로부터 그에 따르는 어려움에 대한 감사나 인정도 받지 못하고 지나가버리기도 한다. 내 자신이 그런 책임, 그것도 하나밖에 없는 자식에 대한 책임을 져야 하는 지금, 나는 아버지가 우리를 위해 했던 일들을 떠올리면 놀라울 뿐이다. 아버지는 가족을 위해 두 개의 직장을 마다하지 않았던 때도 있었다. 더 나은 직업을 얻기 위해 필요하다면 자신의 교육 수준을 능가하는 기술에도 도전했다. 또 자신을 위해 뭘 사기보다는 자식들을 먼저 챙겼다. 우리는 잘 먹었고 따뜻하게 입었으며 선물도 받고 휴가도 갔다. 아버지는 요즘도 필요하다고 생각하면 성인이 된 자식들까지 계속 도와준다. 한번은 내가 한밤중에 전화를 했더니 아버지는 주저 없이 달려와주었다.

우리 집 벽난로 위에는 어머니의 고등학교 때 사진과 내 딸아이의 사진이 많이 놓여있다. 그 사진들 가운데 부모님이 처음 장만했던 집 앞마당에서 아버지와 내가 함께 찍은 사진이 한 장 있다. 쭈그리고 앉은 아버지 무릎 위에 나를 앉히고 양팔로 안고 있는 사진이다. 나는 가끔 내게 중요한 것이 무엇일까 하는 생각이 들 때면 벽난로 앞에 서서 그 사진들을 바라본다. 이렇게 사랑이 많은 부모님과 이렇게 괜찮은 자식을 둔 나는 얼마나 축복받은 사람인가. 고생스러웠던 젊은 날을 떠올리면 부모님께 특히 아버지께 용서를 구해야 할 것 같다는 생각이 든다. 하지만 그분들은 손을 절레절레 흔들며 바보 같은 짓 하지 말라고 할 것이다. 나는 늘 두 분에게 무엇을 해드리면 좋을까 생각해본다. 그리고 매번 딸아이를 서둘러 차에 태우고 오래 전에 떠났던 아버지 집으로 가는 날을 손꼽아 기다린다. 어서 가서 어머니에게 입을 맞추고 현관 베란다에 앉아서 아버지와 대화를 나누고 싶다.

　　나는 이제 한 아들로서 거쳐야 할 것을 다 거쳤다. 아버지를 숭배했던 시절도 있었고 못마땅하게 여겼던 적도 있었지만 다시 그분을 마음 깊이 존경한다. 최선을 다해 부모 노릇을 하고 있지만 항상 아버지로서의 능력에 회의를 느낀다. 10대가 된 딸아이가 나를 존경어린 눈으로 봐줄 날이 또다시 찾아올까? 나는 아버지라는 역할은 한 남자가 겪을 수 있는 엄청난 도전이며 최고의 보상이라고 생각한다. 아버지와 나의 관계를 돌아보면 내 딸과 나도 사랑이 가득한 멋진 관계를 오랫동안 지속할 수 있을 것이라고 믿는다. 나와 아버지도 그랬으니까. 나도 결국 아버지로서 내가 했던 일에 만족하게 될 것이다. 아버지가 그 방법을 가르쳐주었으니까. 그리고 나는 언제나 좋은 아들이었다고 자신한다. 아버지가 그렇다고 말해주었으니까. 아버지, 사랑합니다. 그리고 아버지의 아들임이 자랑스럽습니다.

아들에게 아빠가 필요한 100가지 이유

그레고리 E. 랭 글 | 재닛 랭포드 모란 사진
이혜경 옮김

초판 1쇄 발행 2004년 1월 5일
초판 6쇄 발행 2008년 10월 20일

펴낸이 · 한 순 이희섭
펴낸곳 · 나무생각
편집 · 정지현 이은주
디자인 · 노은주 임덕란
마케팅 · 나성원 김종문
관리 · 김훈례
출판등록 · 1998년 4월 14일 제13−529호

주소 · 서울특별시 마포구 서교동 475−39
전화 · (대)334−3339, (편)334−3308, (영) 334-3316
팩스 · 334−3318
이메일 · tree3339@hanmail.net
홈페이지 · www.namubook.co.kr

값은 뒤표지에 있습니다.
ISBN 89−88344−76−6   03840

잘못된 책은 바꿔 드립니다.

나무생각이 발행하는 '패밀리북' 은 특허청 상표등록 출원 중입니다.
(출원번호 40−2004−0000534)